THE STORY
OF A
BRIEF
MARRIAGE

[斯里兰卡] 阿努克·阿鲁德普拉加桑 著
吴亚敏 译

ANUK
ARUDPRAGASAM

简短的婚姻故事

广西师范大学出版社
·桂林·

简短的婚姻故事
JIANDUAN DE HUNYIN GUSHI

THE STORY OF A BRIEF MARRIAGE
by Anuk Arudpragasam
Copyright © 2016 by Anuk Arudpragasam
Simplified Chinese translation copyright © 2020
by Guangxi Normal University Press Group Co., Ltd.
ALL RIGHTS RESERVED
著作权合同登记号桂图登字：20-2020-111号

### 图书在版编目（CIP）数据

简短的婚姻故事 /（斯里）阿努克·阿鲁德普拉加桑著；吴亚敏译. --桂林：广西师范大学出版社，2020.9
书名原文：The Story of a Brief Marriage
ISBN 978-7-5598-3098-2

Ⅰ. ①简… Ⅱ. ①阿…②吴… Ⅲ. ①长篇小说－斯里兰卡－现代 Ⅳ. ①I358.45

中国版本图书馆 CIP 数据核字（2020）第 147627 号

广西师范大学出版社出版发行

（广西桂林市五里店路 9 号　邮政编码：541004
　网址：http://www.bbtpress.com）

出版人：黄轩庄
全国新华书店经销
广西广大印务有限责任公司印刷

（桂林市临桂区秧塘工业园西城大道北侧广西师范大学出版社集团有限公司创意产业园内　邮政编码：541199）

开本：787 mm × 1 092 mm　1/32
印张：6.75　　　字数：120 千
2020 年 9 月第 1 版　　2020 年 9 月第 1 次印刷
定价：49.00 元

如发现印装质量问题，影响阅读，请与出版社发行部门联系调换。

一

多数孩子都有两条完整无缺的腿和两条完整无缺的胳膊,但是,迪内希怀里抱着的这个六岁的小男孩已经失去了半条腿——他的右腿从大腿下半截断掉。现在,他很快又要失去右臂了。弹片把他的右手和胳膊打得血肉模糊,不成样子。有些血肉溅到地上,有些凝结在其他地方,烧焦的肉片喷溅四处。他的三根手指都没了,现在根本就不知道它们在什么地方。剩下的两根,食指和拇指,悬在那瘦成细棍的手上来回晃动。两根手指在空中晃荡不定,彼此无声地碰在一起。在做手术的地方,迪内希跪在地上,小心翼翼地把这个孩子放在一张没躺人的防水帆布上。孩子的胸部似乎连动都不再动了,他毫无知觉,紧闭双眼,一脸平静。毫无疑问,这个孩子的状态非常差,但是,现在看来，他尚无生命之虞。医生很快就会赶来为他做手术，手臂很快就会像那半截大腿一样被治好。迪内希的目光转向这半截大腿，端详着那被修整得像树桩、光滑而又奇怪的大腿。据男孩的姐姐说，四个月前一颗地雷爆炸，他被炸断了脚，那次爆炸事故把他们的父母都炸死了。截肢手术是在附近一家医院做的，那是当时少有的几家还在行医治病的医院之一。没毛的皮肤上几乎看不到疤痕，甚至连伤口缝合的痕迹都很难看得出来。迪内希在过去几个月中见过几十个被截手截脚的人，那些人都做过这类截肢手术，每个人的康复状况也都因为做手术的时间间隔不同而有差异。然而他仍然无法相信他所面对的这些缺手少脚的人是真实存在的。他觉得他们似乎都是假人，或者是某种幻觉。当然，如果想要驱除自己的这种念头，他只需现在伸出手摸摸面前的这个男孩，看看包着树桩的树皮摸起来是不是像它看上去那样光滑，或实际上很粗糙；看看是否可以感触到皮肤下面骨头的硬度，或者摸上去时，那外面的感觉是否像腐烂的、软绵绵的水果。但是，或许因为怕惊醒那男孩，或许因为对某件事怀有恐惧感，他一动不动。他只是坐在那里，脸稍稍偏开那根树桩一点，静静地坐着不动。

医生来了，身后紧跟着一个护士。医生一声不吭地跪蹲在防水帆布边，细心检查受伤的前臂。诊所里没有手术器械，没有麻醉剂，总医院和当地医院也都没有止痛药或抗生素，然而，从医生脸上的表情就可以看得出来，除了动手术别无选择。他示意护士按住男孩的左臂和大腿，让迪内希按住男孩的脑袋和右肩。他举起那用来截肢的菜刀，检查一下是否干净，然后朝着两个助手点点头，把菜刀的刀锋放在男孩的右手肘上面。迪内希已经做好了准备。医生俯下身，对着那个地方切下去。直到这时，一直处于沉睡状态的男孩才霍地惊醒过来。他睁开眼睛，脖子和太阳穴上的静脉膨胀，发出了轻声的尖叫。医生起初慢慢开始手术，希望这个孩子在手术期间能够一直保持昏迷状态，但孩子惊醒之后尖叫不断。即使如此，医生依然毫不犹豫地把菜刀从男孩手臂的肉里切下去。鲜血汩汩地流到防水帆布上，从上面溢出去，流到地上。迪内希抱着男孩小小的脑袋，把它放在自己的膝盖上，温柔地抚摸着男孩的头皮。男孩失去了右臂而不是左臂，这究竟是件好事还是坏事，一时很难说得清。只有一条左臂和一条左腿，无疑难以让男孩保持身体平衡，但是，如果把所有的因素都考虑进去，如果有一条右臂和一条左腿，或者一条左臂和一条右腿，情况可能会更糟，因为，肯定地，认真想想吧，这样的组合，会使身体更不均匀。当然，如果他的一只好手和一条好腿是一左一右，这男孩就能拄着拐杖走路，没受伤的那条胳膊可以抓住拐杖，顶替那条坏腿。最终，被治愈之后，这一切还得取决于这个男孩究竟能用上什么样的工具，是轮椅、拐杖，或者仅仅是他的那一条单腿？因此，他是否走运，在这个时候说起来，仍然为时过早。

医生继续切着，不是快速而有效的切割，而是一种快慢不一的拉锯动作。即使菜刀已经开始在骨头上磨，发出刺耳难听的声音，医生脸上依然毫无表情，仿佛那双注视着他正在切割的部位的眼睛和正在切割的手分别长在两个不同的人身上。迪内希不明白，医生怎么可以日复一日这样下去。大家都知道，前线向东部转移时，医生自己决意留在这个区域帮助那些被围困在里面的人，而不是转移到由政府控制的安全地区。由于一家接一家医院被炸毁，他从一家医院转到另一家医院。当他最后一直工作着的战地分院在前一星期也被炸毁之后，他和分院的一部分医务人员决定将附近废弃的学校作为临时诊所，希望它不会太显眼，可以让受伤的平民在一个安全的地方接受治疗。他们按照工厂装配线的方式管理这个诊所：志愿者先把受伤的人送到要动手术的地方，护士在那里清洗伤口，为每个人做好手术准备，然后医生来做手术，做完一个手术后马上接着做下一个，留下护士去缝合和包扎伤口。如果伤者是个孩子，医生则坚持每件事从头到尾都亲力亲为，自己动手。然后伤者被转移到诊所前面的地方，由亲属陪同。护士会经常来检查伤者的情况，除了护士同意自行离开的那些，剩下的便是要死在那儿，再由志愿者抬走埋掉。每一天，从早到晚，医生给一个病人做完手术后，接着给另一个病人做，他做手术时面无表情、毫不疲倦，几乎从不休息，每天只在两次吃饭的时候才停下来，每天晚上尽可能睡上几小时。迪内希知道，医生是个了不起的人物，怎样夸他都不为过，但是，现在看着医生的脸，他根本不知道究竟是什么让医生可以一直这样干下去，也不知道医生的内心究竟还有没有任何情感。

菜刀切过肉带着湿湿的感觉的声音，变成了菜刀的缺口刮在防水帆布上的声音，终于不用再切割了。孩子的脑袋靠在迪内希的膝上，又一次失去知觉。医生抬起胳膊剩下的部分，只是正好稍过手肘。医生用一块布吸着还在淌的血，用另一块在沸水里煮过后在碘酒里浸过的布擦拭伤口，小心翼翼地用多余的薄薄的皮肤把伤口缝合起来，然后用最后一条绷带把伤口整齐地包扎好。做完这一切之后，医生把孩子抱在怀里，和护士一起走了，他们想找个安静的地方让孩子好好休息。处理其他事的任务落在迪内希身上，他坐在那里盯着那只血淋淋的小手和前臂，茫然不知所措。当然，营地周围还有很多其他赤裸的躯体部位，手指、脚趾、手肘、大腿，等等。实在太多了，如果他把割下来的手臂放在灌木丛下或随便放在哪棵树边，也没人会说些什么。但是，那些都是无主的躯体部位，而这条手臂却有个主人，因此他觉得必须妥善处置。或许他可以把它埋掉，也可以把它烧掉，但他却不敢去碰它。他并不是怕血，因为他的纱笼早就被孩子的血浸透了，双手也鲜血淋淋。他怕，是因为他不想在手指间感受刚刚被切割下来的肉的柔软，感受这条刚才还是鲜活的手臂的温暖。他宁愿等到这条手臂血干肉硬，更像是捡起一根木棍或一根小树枝那样捡起割断了的手臂。也许并不很像那种感觉，但其实就是那种感觉。他正在考虑这个问题时，一个脚踝很细、脚背又长又宽的姑娘朝着他坐的地方走了过来。姑娘双手紧紧抱胸，手指捏着上衣的两侧。姑娘正是那个男孩的姐姐，男孩唯一在世的亲人。在手术期间她不得不在诊所外面等着，现在她从外面走了过来。她一句话都不说，甚至连看都不看迪内希一眼。虽然她眼睛都哭肿了，眼眶还是湿的，但现在已经不再哭了。她跪在血淋淋的防水帆布前，摊开一片撕下来的纱丽布片，铺在弟弟刚才躺着的地方。她小心翼翼地捡起那条前臂，留神不让手从前臂上掉下来，也不让手指从手上掉下来。她细心地把它们放在纱丽上的一角，开始轻轻地包裹那些肌肉，她虔诚地把布卷了几卷，似乎包在里面的是一件柔软的黄金首饰或是一件必须在漫长的旅途中携带的易腐的东西。她把它们包得结结实实的，让人看不出里面包着的是什么，只看见一团纱丽布，然后才缓缓地站起身，把布团抱在胸前，一声不吭地转身走开了。此时，正午已过，天空阴沉，四周寂然。

天色已近拂晓，天空阴沉，寂无人息。迪内希把身子的重心放在腿上，站了起来。他默默站了一会儿，直到刚站起来时那种头晕目眩的感觉消失之后，眼睛才看着眼前的地面，开始从诊所向东走去。前天晚上下了一点雨，防水帆布之间的赭色泥土已经被雨水染成褐红色，粘上了滑溜溜的红色黏液。为了不踩上泥浆或者四散在地上的手脚，迪内希花了很长时间大步跨过尸体，每走一步都要先把前脚踩下去，再把后脚从地面上抬起来。要离开这里，他心里感到有点难受，但是，紧急任务或多或少已经完成了，至少暂时已经没有太多的事要做了。自从炮击开始以来，他一整天都在诊所周围忙碌，耳朵里的每一个空间都充塞着受伤的人的哭泣和哀号的声音，现在，他想要的只是一个安安静静的地方，可以坐下来休息一会儿，静下心来考虑一下他早上早些时候有人向他提亲的事。当时，他正要去诊所的北边挖一个坟墓，一个高个子、稍微有点驼背的男人抓住他的手，那人自称索马桑达拉姆，匆匆忙忙把他拉到一个角落。他记得曾在某个地方，却又想不出究竟是在什么地方见过这个人。迪内希挖墓时铲子缓慢轻松的节奏突然被打断，昏头昏脑地只想弄清究竟出了什么事。那人告诉迪内希，前一天看到他在诊所干活，可以看得出他是个好小伙，显然受过一些教育，具有责任心，而且年龄合适。那人的儿子两周前被炸死了，现在女儿甘加是他唯一的孩子，也是个好姑娘。甘加漂亮、聪明、有责任心，最重要的是，她是个好姑娘。那人眼睛发黄、头发蓬乱，憔悴的脸和脖子灰乎乎的、邋遢不堪。他在说这些话时眼睛盯着迪内希，说完后目光低垂，看着地面。他说，实际上他并不想把女儿嫁出去，只想让她平平安安留在自己身边，因为现在他的亲人一个个死了，如果再失去女儿，他再也没法活下去。直到前一天，他还从来没有考虑过把女儿嫁出去的事，但当他在诊所看到迪内希时，他就知道这是自己的责任，这是他必须为女儿做的一件事。说这话时他用脏兮兮的拇指抹掉脸上的一滴眼泪。他是个老头，很快就要死了，他得在死之前给女儿找个可以托付终身的人。他并不在乎他们的命相会不会相克，不在乎日期和时间是不是吉利，因为很明显，根本不可能一直遵循所有的风俗习惯。迪内希受过一些教育,是个善良而负责任的小伙子,这才是最重要的。他说这话时又抬起眼睛看着迪内希。营地里有个艾耶[1]可以主持婚礼仪式,如果迪内希同意,艾耶就可以马上让他们结婚。他说这话时又抬头看着迪内希。

一开始迪内希只是茫然地看着索马桑达拉姆先生,不知道该怎么回应。他不太确定自己有没有听明白对方所说的那些话,也确实没有时间去考虑,因为他要尽快挖好那个坑,才能为今天早上在炮击中被炸伤还待在诊所的人腾出空间。索马桑达拉姆先生看出他的犹豫,就接着说,这事并不急,因为这是一件大事,迪内希得花点时间考虑一下再做决定。的确,艾耶在前一天受伤了,但到目前为止他的情况还算稳定,只要迪内希在午后答应这件事,艾耶没理由说因为身体不舒服而不能主持婚礼。迪内希又沉默了一会儿,然后表示他明白了。索马桑达拉姆先生离开后的一段时间,迪内希一直在原地站着不动。过一会儿他转身走回到墓地继续挖坑。他把铲子插进土里,把全身微不足道的重量压在铲子的手把上,铲出挖松的土,想要恢复原来的铲土节奏。当然,在某种程度上,他不应该对所发生的事感到吃惊,因为十分明显,索马桑达拉姆先生想把

---

[1] Iyer,印度教婆罗门族群的一个种姓。——编者

女儿嫁出去,如果不是嫁给他,也会嫁给任何一个可以找得到的适婚年龄的男人。在过去的两年中,当父母的都一直想方设法让他们的孩子娶妻嫁人,尤其是想把女儿嫁出去,父母希望孩子娶妻嫁人后就不会被抓去当兵参加猛虎组织[1]。在这一点上,已娶亲的人和还没娶亲的人一样都有可能被抓去参加战斗——这是事实,但即便如此,许多人仍然拼命想把女儿嫁出去,他们认为,如果女儿最终落入政府军的手中,已婚的女孩比较不会受到玷污,更有可能是被当兵的抓去换取其他的战利品。因此,提亲的理由很简单,然而,这对迪内希来说意味着什么,他要怎样回复,他觉得这倒是一件难事。他觉得也许应该尽早盘算,还在挖坑时便集中精力考虑这个问题,但也许因为他要面对的工作使他过于分心,或是他还不知道要怎样处理这件事,又或是在某种程度上晚点处理这件事会让他更高兴,所以他带着听之任之的态度把墓坑挖好了。他一挖好墓坑,就有人要他从诊所把尸体搬到墓坑里,然后帮忙把伤员从营地送到诊所。在一片混乱和尖叫声中,他完全不再考虑提亲的事了。现在他已经干完了活,发现自己最初的糊里糊

---

[1] 斯里兰卡泰米尔族的反政府武装组织,全称"泰米尔伊拉姆猛虎解放组织"。——编者

涂的感觉被一种安静的但令他无比吃惊的感觉所取代。他觉得好像一直在重重迷雾中走动，做着需要他做的事，不再留意外部世界，不让外部世界的事对他产生任何影响，因此，他被老人的提亲吓了一大跳，不得不从这种不知道历经了多少个月的状态中突然醒悟过来。现在，当他不很确定地穿过营地时，他第一次意识到了自己的处境，敏感地感知到他周围有那么多人，也感受到他自身的存在。

人们就在那儿，越来越多，数以万计的人在几个星期内涌进来。其中一些是附近村庄的人，他们最近失去了家园。但是，其中的大多数人是来自北部、南部和西部村庄的难民，他们很早就流离失所，这样流徙几个月了，而有些人和迪内希一样，已经这样将近一年了。他们每次在某个地方安营扎寨，都希望这是猛虎组织最后一次击退政府军，然而每一次他们都被不断推进的炮击逼走，不得不再次收拾行装，朝着更往东的方向移动。他们就这样走走停停，穿越北部省份的广袤地带，被炮火驱赶着，被包围在东北地区越缩越小的包围圈内，直到听说还有一个仍在救死扶伤的医院分院和这个营地，猛虎组织的人向他们保证，这个地方很安全，政府军永远攻不下它，所以他们开始向这个地方聚集。最终，人们充满绝望地来到营地，每天都有越来越多的人涌来，在医院周围搭起帐篷，就像围绕着一座小小的黄金神龛建造一座巨大的庙宇。两个星期之前，第一批炮弹开始落到营地上，一个星期之前炮弹开始落到医院，从那以后炮击越来越严重，炮击的时间也越来越长。在人口稠密的地区，每一阵炮击之后都会留下几十个被烧焦了的小地块，然而这些小地块只会空置一阵，其中多数，马上就会有新来的人在上面住下。营地的每一个地方都遭受过炮击，即使是充当临时诊所的学校的房子也遭到了袭击，虽然被炸的范围不大。在过去几天里，住在那个地方的人可能有七分之一或八分之一被炸死了。人们一直在传说，在今后几天内政府军将对这个地区发起最后进攻，说分院很快就会关闭，说甚至连医生和手下的医护人员也正在计划放弃诊所，要搬到更东的地方。听到这些消息后，有些人已经开始在收拾行李准备离开。虽然前线的战斗打得非常激烈，要穿过前线根本难以有生还的机会，但仍然有人想要穿过政府军的阵地，希望能够被收留。如果猛虎组织看到有人逃跑，他们就会开枪。即使那些人逃到了另一边，跑到政府一边，谁知道政府军的士兵会怎样对待他们。大多数人打算朝更东的方向移动，靠近海岸，远离前线，尽管那些想留在这里的人一直说那里的炮击情况可能同样糟糕。他们说，仅仅是出于习惯而再往东跑并没有意义，现在只剩下巴掌么大的一块地盘，不到两公里就到海边了,再也没地方可跑了。一个星期前开始流传一件事,说一群二十五到三十来岁的人乘着一条废弃的渔船出海,希望能想办法去印度。两天后那条船又被冲回岸边,里面有几具大人和孩子的尸体,浑身被子弹打烂,尸体苍白发蓝,全身肿胀。因此他们认为,最好的选择就是留在营地,直到战斗结束。他们争论说,炮弹落下的地方都会炸开一个洞,可以把那些弹坑当掩体,希望能够毫发无损地活到战斗结束。

情况会不会像所说的那样,迪内希当然有点怀疑。他没有确凿的证据证明自己宁愿去死,但是,也许正是因为在这种情况下,人们更容易相信某件事,而不是抱着不确定的看法,所以他觉得自己倾向于前一种可能性。战斗并没有减弱的迹象,他只是觉得,如果他没有在炮击中被炸死,就会被抓去当兵,在战斗中被打死,这不过是早晚的事。如果真是这样,如果他的人生实际上只剩下几天或几星期的时间,如果幸运的话,最多一个月,他在决定该做什么时,首先要考虑的就应是必须尽可能利用剩余的时间。在这种情况下,也许结婚是有道理的。对他来说,把自己剩下来的时间用来和另一个人相伴相亲,这倒也很不错。尽管在过去一年中的大部分时间里,他的四周有过无数的人,他却不记得,究竟是在什么时候,他最后一次真的觉得自己和某个人有关系。他甚至不记得和另一个人在一起时是什么样的感觉，不记得只是单纯地和别人待在一起是什么样的感觉。如果可以和某个人一起过日子，也许是值得做的事。死亡最终不也意味着与其他人的分离，与人类的步态、手势、噪音和凝视的汪洋大海分离吗？不也意味着放弃多年来一直想要的与其他人联系的可能性吗？除非，是另一方面，死亡意味着首先与自己分离，与构成一个人生命的所有隐秘的个人细节分离。如果是这样的话，他一定要尽量独自生活，把剩下的时间用来记住自己手脚的形状、头发的发质、指甲和牙齿的样子，最后一次感受自己呼吸的声音、胸口一张一缩的感觉。当然，他并不会真正知道死亡的意义，这是一个他无法清晰思考的问题。这可能完全取决于生活的意义，尽管他已经活过了一段时间，但他还是无法记得，生活究竟意味着与其他人在一起，还是首先意味着自己与自己独处。

迪内希注意到脚下的地面已经不再移动。他显然已经停了脚步，虽然他自己并不知道他一动不动地在那站了多长时间。在这片尘土飞扬的贫瘠地区，他可以看到，现在自己已经离营地的东北端很近，离诊所很远了。在他周围以及稍远的地方，覆盖着厚厚一层尘土的灌木丛和稀疏发蔫的树木包围着几顶白色帐篷，这是营地里最近刚冒出来的新帐篷，用不到四英尺高的木棍支撑起来。帐篷四周到处扔着东西，各种包裹箱囊、锅碗瓢盆、自行车。在这些东西中间，有三四个人或躺或蹲在地上，有些人在睡觉，另一些人只是在等待着，迪内希看不到其中有什么人在说话。他走过一个女人身边，那女人自己一个人坐着，强迫自己从地上一把接着一把抓起沙子塞进嘴里，她并没有咀嚼，因为没法嚼沙子，但是她把沙子和唾液混合在一起，就这么吞咽下肚。迪内希走向一棵细细高高、叶芽皆无的树。他疲惫不堪地靠着树干坐下，后背舒舒服服地贴在树皮上，舒展双腿，终于可以让因挖墓坑而疲惫不堪的大腿肌肉放松一下了。他的身子往前倾，双手捧着脸。那天晚上他根本没有睡觉，几乎整整一星期都没睡过。他的后脑勺深处在抽搐，眼睑沉重，好像铅块就聚积在他的眼皮底下，一直向外延伸，眼皮很快就会变成半透明。他闭上眼睛，用大拇指重重地按摩眼皮，听到了血液在皮肤下密集的、纤细的血管里缓缓流过的声音，接着，他重重地拍打着疲惫的双眼。他并不是没有睡觉，只是，不管他有多累，多么拼命想睡，他总是睡不了很长时间或完全入眠。他总是睡得很轻很浅，很容易醒过来。也许这与很难在一个陌生的地方睡得好有关系，比如坐在没坐过的公共汽车上或乘火车的时候总是会有点担心，担心如果打个瞌睡就会出现麻烦，不是背包可能被偷就是可能会坐过站。迪内希已经在营地待了将近三个星期了，即使没有一种家的感觉，但再怎样都不是对这里完全陌生的人了，他在诊所东北方向的丛林里给自己留出的小空间安静而舒适，只要他愿意，他就可以随时像待在自己的房间那样安安全全地休息。每天晚上他都会去那里躺下，但是，只要他闭上眼睛开始向睡梦中漂去，当他的意识在梦的方向上轻轻地来回摆动，他都会感到一种犹豫不决或一种预感突然在自己的体内生长。就好像在睡着的时候会把自己暴露在某种危险之中，只有保持清醒才能避开危险，就像在完全丧失意识时地面会在他的身下消失，他会背朝后陷入黑暗的深渊，面对一个他不想面对的冲击。

在炮击之前，在地球开始震动之前的最柔弱的时刻，总是有一声来自远方的轻言细语，就像空气高速地从一根细管中飞驰而过，一声呜呜的声音，隐隐约约地变成了一声口哨。这种口哨声持续了一段时间，然后，不管你站在哪里，都会有一种令人战栗的振动，脚下的大地颤抖着，接着是一阵热气扑到皮肤上，最后是震耳欲聋的爆炸声。那是震耳欲聋的爆炸，炮弹一颗紧接一颗炸响，声音太大了，第一颗炮弹炸响后，接下来落地的炮弹的爆炸声便再也听不见了。它们留给人们的感觉，只是声音的普遍缺失，就像音域中的一系列空洞或真空,大得甚至连思维的声音都听不到了。世界静默无声,就像一场无声电影,因此,轰炸往往给迪内希带来一种平静之感。他不会霍地一下子跳起来,也不会急急忙忙跑到掩体里躲起来,而是先静静地站着,深深吸一口气,惊讶地环顾四周,甚至还有点迷茫,仿佛在炮击之前引导他在安静的世界中行动的那根线突然间绷断了。他会先尽量集中注意力,然后才开始慢慢地平静地走着,并不是走向营地四周挖出来的掩体,而是走向把营地东北边界与海岸隔开的丛林地带。有一天他在附近闲逛,发现了一条小木船,有人把船拖到陆地上,掀翻过去。船主也许是觉得,把船拖上陆地比放在海滩上更安全。苔藓已开始蔓延到油漆表面,但是,用油漆写着的船名"沙霍萨拉号"仍然依稀可见,在靠近船头的地方颠倒过来。船舷朝上,前后弯向船头和船尾,他发现可以侧着身子摸进船的中间部分,进入它的隐秘之处,那里黑乎乎的,十分凉爽,没人打扰。空气中有点霉味,但船很长,里面有伸展的空间,甚至可以躺下睡觉,尽管出于某种原因,迪内希在炮弹落下时无法平平贴贴地躺在那里。恰恰相反,他直坐起来,身子往前躬,以免脑袋碰到低低的舱板,两条腿在面前曲着,双臂搂着膝盖。他会坐在那里,感觉有如过了几个小时,眼睛一直盯着地面。每次新的爆炸声传来时，木头嘎吱嘎吱响着，阵阵热风扑面而来，然后从船与地面之间的空隙中消退出去，这一切使他的身体放松，而不是收缩起来，这样他就能感觉到自己的身子随着地面的震动而颤抖。在这种时候，他总是奇怪地感觉似乎灵与肉分离，仿佛自己在体外观察自己，看着自己两只手紧紧握在一起，看着自己的手指不由自主地缠绕在一起。他被动地听着自己胸部一张一缩的声音，空气从自己的嘴里一进一出，在炮击已经停止很久之后，他仍然这样待着，吸气，呼气。

并不是每个人都能这么自然地反应，迪内希一开始也不是这样。他母亲还活着的时候，他也不太愿意屈从于周围所发生的一切。刚开始时，在炮击还没有猛烈到所有人都不得不停住脚步时，他和普通人一样，也在地上滚爬、大喊、尖叫，拼命想找到自己的亲朋好友。营地里的人齐心协力，利用附近建筑物的木板和砖块，想方设法建造了数百个掩体以在炮击时藏身，其中一些深达六英尺，但大多数只有四英尺深，大小刚好可以让八九个人，至多十个人蹲着，身体紧紧地蜷缩在一起。掩体的开口处放着椰子树和扇叶树头榈的叶子，运气好的人还会有波纹钢板。如果要伏身躲起来，他们会爬到掩体下去，把这些树叶盖在头上。如果炮弹落在附近，掩体并不能提供什么保护。到目前为止，最严重的伤害来自弹片，而这些掩体确确实实有助于躲避弹片。更重要的是，这些掩体能给躲在里面的人一种安慰，他们紧贴着掩体的四面墙，脚下是地面，头上是掩体顶，就像鸵鸟一样，在非常危险的时候选择的不是逃跑，而是把头缩到沙土里埋起来，却不管身体有多少暴露在外面。他们脚下的地面随着每一次爆炸的力量回荡，泥土从土墙上一点点碎裂往下掉，他们坐在这些黑乎乎的掩体里，身体紧缩，一动不动，脑子里的各种想法就像气体的粒子在加热的容器里飞驰，估算着每一颗落下来的炮弹离他们所在的位置究竟有多远，以各种方式推测接下来的炮弹会落在什么地方，如果估计错误，他们会感到宽慰，在最狭小的空间里，与紧紧挤压着自己的其他人一起，在紧张或轻松、气促或气缓的呼吸中修正预测模式。

如果他们知道有人在外面的轰炸中丧生，女人就会捶打自己，尖声大叫。她们头往墙上撞，疯狂地扯着头发，扯得头发连根掉下来，因此，每次炮击结束后，许多掩体里都是一簇又一簇又长又脏的头发。如果某个亲戚在开阔地受伤，她们会从掩体里跑出来，尖叫着，哭着，仰面向天恳求，撕下衬衣袖子或裤腿，手脚并用，甚至连几撮头发都会用上，想方设法把受伤的人拉到安全地点，即使那个人已经死了也会这样。一般来说，男人反倒比较平静，有时几乎是无动于衷。也许会有一滴眼泪无声地从脸上淌下来。他们会慢慢地一声不响地走出掩体，走到亲人的尸体前双膝下跪，对地面的震颤和在周围爆炸的炮弹无动于衷。他们坐在挚爱的人的尸体边无声地抽泣，身子前后摇摆，对周围发生的每一件事都置若罔闻。他们爱怜地拍着死者的脸和胸部，轻轻地抚闭他们的眼睛，按摩手臂，亲吻死者的手。他们会弯下身，把脸伏在死者的脖子里深深地吸气，仿佛要尽量记住死者的独特气味。这些女人让迪内希想起了壁虎的断尾，在支撑它们的身躯消失之后还一直晃动很长一段时间，即使所有的生命和意义之源都已经被摧毁了，依然勇敢地拒绝放弃希望。而那些男人则让他想起了很久以前在学校里所看到的青蛙，它们的脊椎被科学家切断用来研究聪慧大脑和愚笨大脑之间的差异。它们不像人们在池塘和水坑里面看到的青蛙，湿润的皮肤总是在膨胀和收缩，深沉而满足的声音一直此起彼伏，那是有机体繁荣的化身。那些四肢残缺的青蛙完全静止不动，默默无声，对所有的刺激视而不见，即使被戳被刺也都是毫无反应。它们究竟是饿了还是渴了，平静或是害怕，谁也看不出来。因为它们唯一的动作，是在被推倒时简单地把身子再翻过来，然后照样是茫然，到死都是茫然。炮击结束后，整个营地笼罩着一片沉寂。一切结果总是需要一段时间才能被揭晓，因为所有人都闭上了双眼，双手紧捂着耳朵，脸庞紧贴着大地。营地里没有人能确切地说，轰炸的巨大寂静何时被静止的柔和安宁所取代，而且，安全总是比遗憾好，因为有时炮击会停止十来分钟，却又猝不及防地开始，仿佛是在哄骗人们，使他们以为一切都已经结束了，可以跑出来，到开阔地救那些受伤的人。只有再过很久之后，等他们恢复了意识，最后再返回时，等他们开始闻到烧焦的肉体的气味，听到被炸伤的人的哭声时，他们中的某一个人才能确定轰炸已经结束。即使如此，大多数人仍然一动不动，脸上毫无表情。少数人，而且每次炮击后都会多出几个，脸上露出非人的微笑、扭曲变态的微笑。他们擦拭身上的纱笼，扯着衣服上的纱线，手里捏着几块泥土，怪怪地笑着，轻声自言自语。迪内希曾经看到过一个手臂被截掉的男人在炮击后四处游荡，仿佛是在寻找自己的躯体的缺失部分，他捡起散在地上的不同的手臂，就像买衣服试穿那样都试一下，如果觉得手臂的大小或肤色不相匹配，就不满意地撇撇嘴。有些人缓过神来，开始照料那些被炸伤的人，收集死者的尸体。没有多少煤油可用来焚烧所有的尸体，所以只能简简单单地把他们埋掉了事。他们把每具尸体用布或防水帆布裹起来，放进在营地附近挖出来的坑里。如果炮弹落在某个掩体上，掩体就这么被泥土填上了。在过去的几天里，挖掘坟墓的工作量已经太大了，大多数没有被亲人领走的尸体只能用防水帆布或树叶覆盖起来，有时甚至就留在原地，没人去埋。很多尸体残缺不全，任其保持原样，似乎总比只埋掉那具人们可以找得到的最大块的躯体更为合适。

每当迪内希在炮击后的寂静中徘徊，他的内心总有一种奇怪的感觉。即使他有一些具体的事情要做，为死者挖个坟墓，或者帮忙把伤员送到医院、诊所，他仍然觉得自己不太清楚在做些什么，也不知道他要去什么地方。他会长时间在被烧毁和被惊动的营地里徘徊，心神不宁，迷失方向，就像一片被吹离树枝的树叶，漫无目的地飘过贫瘠的土地，与任何生物都没有任何联系。也许这和他小时候独自一人在家时的感觉很相似。起初他担心父母会太晚回来，然后相信他们不知何故就死了，于是大声哭泣，确信自己要在一个广袤无边的未知世界里孤零零地活着。那和这种感觉很相似，却又不一样，他怎么可能期望去感受甚至连自己都不记得的失去了的东西？他与家、家人、朋友和财产已经隔绝这么久了，对这种分离再也不会感到痛苦，甚至不会感到不正常。他所感受到的，不仅仅是与曾经熟悉的人和事物脱节，不仅仅是一种被孤立的感觉，最重要的是，在这种时刻，他想到的是自己的发须、牙齿和皮肤解体。他的指甲不再生长,皮肤不再出汗。他敏锐地感觉到,他的躯体很快就要崩溃了,感觉到,他已经开始了与自己的躯体永久分离的过程。他一辈子都在使用手和脚,一辈子都在使用手指和脚趾,但是,他知道很快就没法再依赖它们了,这使他突然有一种被遗弃和孤立的感觉,就像在火车站或海边,准备要移居到遥远的地方时,你必须向你认为是人生中所珍视的朋友和家人道别。同样,当他想起长在自己身上的毛发,头上的毛发,小腿、大腿和腹股沟的卷曲毛发,手臂上的纤细的金黑色毛发,以及睫毛和眉毛时,他也有这种感觉。他一生中从来没有想过和它们有关的事,但现在不可能再漠不关心了,因为它们和他一起历经了所有这一切,贯穿在他的一生当中,现在正准备永远与他分离。

他的眼睛和耳朵、指关节和膝盖,以及他从来没有看到过也没有想过要感谢的内脏,在他的一生中都无私地为他工作。他并不知道与这些他所忽视的东西分离究竟会是什么样的感觉,他无法去想象。但是他想得越多,就越明白,与其说他害怕与它们分离,倒不如说他对出现离别的想法感到悲伤。迪内希睁开眼睛,注视着眼前明亮的世界。他伸出双臂,往后再挪一点,靠在他身后的那棵树上。他突然有一种想拉屎的冲动。在过去的几天中他几乎没有吃过什么东西，也没有什么多余的东西可吃，因此，与其说是身体的冲动，倒不如说更多的是心理冲动，但他觉得这种冲动可以被满足，这毕竟只是一个要努力进行排泄的问题。他能去的最近的地方是离诊所不远的外屋，那里除了粪便，墙上和地上到处都是血和呕吐物，他没法在那里慢慢排泄。他想找一个安安静静、舒舒服服的地方，一个他可以慢慢排泄的地方。他可以去与世隔绝的海岸边，但那里离开营地太远，会有危险，特别是往海岸那个方向，猛虎组织的人在那里巡逻，他有可能被抓去当兵。而且，那地方过于开阔，整个地方都过于暴露，一览无遗，不适合隐秘、优哉游哉、静静地蹲着大便。他想慢慢地干这事，独自一人待在一个地方，能最后一次舒舒服服地听着大肠蠕动的声音。然而，唯一的选择是把营地的北部和东部围起来的丛林，白天，营地里其他的人，也会来来去去，同样想在那里大小便。当然，他从小到大都已经习惯于在别人面前拉屎，或者至少习惯于在拉屎时有人从他身边走过，如果情况需要，他也可以这样拉，但这意味着他不能慢慢拉。丛林里杂草丛生，他只能蹲在崎岖的地面上。那里的地都是湿的，可以说是很潮湿，树皮和树叶也都湿乎乎的，而他想要找一块干燥的地方。那么，也许去海边吧，那里也有他可以洗净屁股的水。他可以找到一个安静的地方，在那里他生出一种孤零零的感觉，没人看得到他，他可以听着海浪拍打沙滩的声音，听着从带着咸味的空气中传来的鸟儿啁啾。

迪内希费劲地从他靠着的树边上站起来，他一站起来，身体就开始跟着动起来，似乎知道自己该往哪边走。他晕乎乎地穿过荒凉的营地，向北边走去，走过剩下的最后几顶帐篷和三三两两的沉默人群，走进沾满尘土的褐色灌木丛。他双脚毫不费力地穿过裸露的树根和灌木丛，绕过偶尔碰到的躯体残块和一小堆一小堆的大便。灌木逐渐稀疏，植被和树木越来越密，他自由自在地看着树叶的叶脉和灰褐色树皮。从某种意义上来说，要去他知道的那个海滩真的很蠢，如果他稍微疏忽，远在几英里之外的人都可以看到他。他已经到了可以打仗的年龄，虽然有点瘦，个子却够高。如果泊在海上的军舰上的人看到他，就会朝他开枪，如果被猛虎组织的巡逻兵看到，就会被抓去当兵。如果不愿一直当下去就会挨打。很难说他能不能设法跑掉，因为营地里已经没有像他这种年龄的小伙子了。他很自然地尽量避开此前那些流离失所的难民走的人多的路，避开其他难民搭上帐篷的地方。现在撤离行动已经结束，白天大部分时间他都躲在树丛里，只有在炮击后才马上跑到营地，那里乱哄哄的，没人会注意到他。他从来不会在海滩那里待太久，但他确实抱着侥幸心理去过很多很多次了，他运气不错，还没有人注意到他。如果他被抓去当兵，可能不会这么早就在意这些，因为在这两种死亡方式之间似乎并没有太多的选择余地，而现在开始考虑到这个问题，很显然是因为他的想法已经改变了。有人提亲是一方面，另一方面是他突然感觉，没被抓去当兵显然更好，那些骨干分子一醒过来就得为保护猛虎组织残存的地盘而打仗，而那些平头百姓倒可以头脑简单。他当个平头百姓，至少还有点时间想想一些事，但骨干分子得在前线打仗，耳朵里尽是震耳欲聋的枪炮声，只有死了才听不到。把所有这些事都认真一想，迪内希觉得最好还是不要让人看到他。他继续穿过丛林，已经不再想拉屎的事了，只是在想，如果感觉会出现什么麻烦，得马上掉头往后跑。迪内希注意到，周围的树树草草越来越干燥，越来越稀疏，土的颜色越来越淡，也更干净了。他抬头往上看，可以看到前方的地平线了，再一会儿他就可以走出低矮的灌木丛，走过几棵孤零零的椰树，然后走向大海。他脱下拖鞋拿在手上，感觉到细细的沙子在他的脚板底下和脚趾间沙沙作响。他躲在一棵树后，小心翼翼地从左看到右，从右看到左，然后走上海滩，他不记得他已经有多长时间没有再来过这片海滩了。

现在是一月底或二月初，但海水平静，从海滩边向外延伸，一望无际，有如一片未受玷污的蔚蓝色钢片，波浪不兴，渔船不见。迪内希的脚深深踩进柔软的白色沙滩里，每走一步，细小的腿肚就得费力地支撑他的身躯，这时他的身躯很重，再也没有那种轻飘飘的幽灵般的感觉了。他走向海滩缓缓向大海倾斜的地方，陆地与海水相接，湿润润的白沙光滑细腻，走起来很轻松。水在脚上形成一个半圆，轻轻地叩拍着他的脚背。最后一缕阳光透过厚重的云层射下来，好似从一个白色的漏斗落下，照亮了远处地平线上一片银色的海面。迪内希知道太阳很快就要下山了，天也快要黑了，他得尽量掌握好时间。他沿着柔软潮湿的沙滩朝北走向与海岸融为一体、从陆地看上去像沙漠似的起伏的外围沙丘。海滩从海面缓缓上升了几英尺，然后海滩开始慢慢膨胀，起伏不定，形成了由闪闪发光的白色海沙组成的小山。迪内希步履蹒跚地走向一段被沙丘围住，进而形成的私密独立的海岸线。他费力爬上一座沙丘，环顾四周，看看这片区域有没有人，然后疲倦地慢慢跑到离海水不远的封闭的海滩上。沙子还没有完全湿透，但依然潮湿，可以形成团块。他蹲下来，开始在沙子里挖坑，小心地用手挖出一个半径六英寸的小沙坑。就在不远的地方，有几百具腐烂的尸体，尸体的手脚散落在地上，男人、女人和孩子身上的伤口溃烂,蚊子在活人身上嗡嗡响,死人身上都是苍蝇。虽然那地方血肉淋淋,但是迪内希依然感觉,他必须妥善处置他的排泄物。他得挖出一个很好的沙坑,把他的大便埋在里面,因为,如果他奉献给大地的供品放得不合适,他的奉献就归于无效。

迪内希把拖鞋放在沙滩上。他脱下衬衫,把它整整齐齐地放在拖鞋上,解开纱笼,小心地放在衬衫上。傍晚寂静无声,海沙有点暖和,他一声不响站在那里,一丝不挂地站着,盯着眼前那片一望无际无波无浪的蓝色海域。附近没有人,但他浑身赤裸,一副脆弱易伤的架势,依然感到很紧张。每天的这个时候都不会再有小规模冲突,当然,也没什么把握就肯定那不会发生。即使没有发生战斗的危险,军队的炮艇也有可能驶过,如果船上有人看到他,肯定会朝他开枪。迪内希看了一会儿海面,微风拂过,涟漪打乱水面,然后寂然重现。他慢慢地弯下双腿蹲下,屁股盖住沙坑。他把所有的体重都放在脚踝上,调整身体姿势让自己舒服一点,他都准备好了,却开始有点犹豫了。他的这种姿势完全不能自卫,他憋着气要把肚子里面的粪便拉出来时更容易受到攻击。他知道,只要他开始了,那种不舒服的感觉很可能会消失,所以他抬头看着漏斗中的光线射向海面,一次又一次憋着气使劲。他抬头看着无边无际的天空和无垠的大海，俯身蹲在那个小坑上看着宽广的地面，尽力憋着气拉屎，觉得这真是一种奇怪的感觉。他把目光从地平线上移开，转而把注意力集中在他蹲着的地方和旁边整齐摆放着的衣服，然后又开始用力。他把体内的肌肉压得又深又低，一直往内推，直到感觉大便在腹内挪动、移动、滑动，瘦弱的身体拼命用力，要向这个世界奉献出最后的供品。这两天他几乎没吃过什么东西，几天前除了泡饭什么都没吃，肚里的排泄物很难出来，但是，他担心被人看到的紧张情绪开始慢慢缓和下来，他试着要放松，慢慢来。他把大肠里的粪便挤在一起，然后用力拉，一直用力地重复着这种动作，直到最后他感觉后背出现有轻微刺痛的湿气。他受到鼓舞，放松下来，然后再用力、放松、再用力，尽力要从腹内挤出一点东西。他原想可能会把沙坑填满一半，但现在他知道根本不可能，他挤出来的细细的褐色的东西只能盖住沙坑的沙面。他最后又使劲了一次，然后把身子挪到一边，低头看看他究竟拉出了什么。那东西软绵绵稀拉拉的，稀稀的棕色液体上有奶油般米黄色的泡沫，就像大海有时堆积在岸边的泡沫。毫无疑问，这是微不足道的供奉，但至少是他自己奉献出来的，至少有一股熟悉的味道。它并不肥沃，既不厚重也不圆润，却是他从自己那纤瘦赢弱的身躯里拉出来的，他知道，大地会感激他的。

他慢慢地用沙把沙坑填起来。他捧起沙，让沙粒从指缝里溜下去，均匀地撒在大便上。泡沫般的表面被完全盖住以后，他大把大把捧起沙，几把就把沙坑填满了，然后把沙坑抹平，这样，如果有人只是检查沙滩，根本就看不到粪坑的位置。他仰面躺在沙坑旁边，手肘和双膝压着沙坑，沙粒使他的四肢隐隐作痛。他闭上眼睛，听着海浪轻轻冲刷海岸，听着海水漫上海岸然后又退回大海的声音。他感到胸膛在扩张和收缩，感觉空气进入他的体内，然后又离开。迪内希低下头，用力吸进还在从填满的沙坑里散发出来的淡淡的硫黄味，这是他最后拉出来的一泡屎里所剩下的东西。他用食指和中指抚摸眼前的沙，探索这么多年来为他提供了睡觉和站立空间的慷慨的地球表面上的光线。他一只手深深地挖进沙里，紧紧捏着，感觉到沙粒的边缘锋利地刺着他的皮肤，他抓一把沙抹在脸上，吸着沙的味道，尽量想记住那种奇怪的、带着潮湿的盐和灰尘的干巴巴的气味，他可能再也不会闻到这种气味了。他又一次把脸靠近沙坑上的温暖的沙子，吸着气，但是，他已经无法闻到他的粪便的一丝气味了。

迪内希站起来，走进海水里，洗了一下，把凉凉的海水泼到双腿和屁股之间。海水干净清澈，他突然有一种冲动，想要好好清洗自己的身体，洗掉已经在皮肤上积了好几星期的血迹和污垢。海水迷人，但也许他应该等待，他知道，他已经在海滩上逗留太长时间了，没有必要再去碰运气。如果他愿意，以后可以在营地旁边的一口井边洗澡，井水没有那么咸，甚至还能在那里找块肥皂。他挺直了赤裸的身体，眺望着水平如镜、寂静无声的海面，现在光柱已经不再照在海面上了。云层积聚得更厚，阳光从厚厚的云层后面照射下来，光线晦暝，整个地平线都开始暗下来了。出乎意料，刹那间，一道银白色的光突然照亮天空。从远处的海岸传来震耳欲聋的呼啸，迪内希畏缩了一下，低头钻进海水。他蹲在海水里双手捂头，闭上眼睛，心跳加速。经过一阵紧张而凝重的静默，小雨滴滴答答像小玻璃珠倾泻落地。迪内希小心翼翼地睁开眼睛，轻盈的水滴沾满皮肤，他抬头仰望，哗哗的雨水正横扫过巨大而寂静的海，落入远方的地平线，最初是喷雾般的小雨，接着越下越大。雨水像从天空中落下来的针，一起从大气层中坠落而下时聚集质量和动力，在下坠的过程中又相互聚集，越聚越大，越聚越密，最终落到地球上，在固体和液体的表面崩裂分解。千千万万的雨滴落进风平浪静的大海，然后，雨慢慢地停了。

二

迪内希从草丛中走回来的时候,内心有一种如释重负的感觉,他慢条斯理地走着,故意尽量走慢一点,以保持这种感觉。自从索马桑达拉姆先生提出婚事之后,他第一次开始想索马桑达拉姆先生的女儿的事,好像他现在才意识到,结婚意味着与一个特别的人共度余生,而取决于那个人的本性,可能会有个好婚姻,也可能会有个糟糕的婚姻。他们从来没有说过话,但他记得以前在诊所里见过甘加几次,她个子高高的,憔悴,沉默,眼睛总是瞧着地面。迪内希第一次见到甘加的情形,是后来能认出她的唯一原因。在一段短暂但激烈的炮击之后,迪内希一直在营地里走来走去。他走过一群人身边,他们聚在一起看什么东西,于是他停下来,看看究竟发生了什么事。迪内希踮着脚尖站着,在人们形成的圆圈中间,看见一个姑娘独自躺在地上,身边有两具尸体。那姑娘几乎透不过气来,拼命吸着气。她的上半身来回摆动,两根长长的辫子优雅地卷曲在她的肩膀上。在她身后几英尺处站着一个男人,索马桑达拉姆先生,他眼睛睁得大大的,一眨都不眨,凝视着那两具尸体,似乎没有什么可值得注意。其他人既看着索马桑达拉姆先生,也看着那姑娘,但迪内希过了一阵才醒悟过来,倒在地上的两具尸体是索马桑达拉姆先生的妻子和儿子,趴在尸体身上的姑娘是他的女儿。迪内希看着甘加把母亲无力的手抓到脸上贴在脸颊,一直在安静地、颤抖地自言自语,那只手喂养了她、打过她、给她洗过澡,迪内希尽力去理解同时失去母亲和哥哥的痛苦是什么滋味。战争早期他也曾经经历过类似的事,但没法确切地表达,因为他早就失去了这种感觉。这在某种程度上肯定让人心烦意乱。那姑娘肯定很痛苦,因为炸死她两个家人的炮弹在两小时或两个半小时前才爆炸。

但是,在她那张因痛苦而扭曲的脸蛋之下,迪内希感觉到有一种奇怪的庄严,一种近乎严肃的表情。从她泪水汪汪的眼睛里和她呻吟时噘起两唇的样子,可以看出那姑娘似乎已经理解了她自己的处境:痛苦,但又不得不面对现实。她似乎意识到,她母亲和哥哥已经死了,但地球仍在继续转动。下午会变成傍晚，炮弹会继续降落下来，她越早无可奈何地接受，越会更好地活下去。当时她紧紧地搂着母亲和哥哥的尸体，浑身颤抖着哭泣，并不是因为她不懂得这个事实，而是因为她知道她的身体必须以某种方式对所发生的事情做出反应，因为她明白，不管她怎样想，她的身体都会做需要做的事，所以没必要去阻止它。

几天后，迪内希第一次看到甘加在诊所里干活，她的脸像柔软的石头一样光滑，毫无表情，尽管满脸憔悴，却还温柔。这并不是说她已经忘记了死去的亲人，或从痛苦中恢复过来，正因为内心还有痛苦，她有时会放下手头的事，有时似乎身子在颤抖，似乎坐立不安，但这些内心的波动很快就过去了。在大多数情况下，她似乎平静和坚定得令人惊异。她比大多数志愿者都更加卖力工作，虽然疲惫不堪，却因精疲力竭而更努力。与大多数志愿者不同的是，不管她看到了什么或要做些什么，她似乎从来不会头晕。如果诊所里没有什么急事要做，她会在里面四处看看，看伤员们有什么需要帮忙的。她清洗他们的伤口，为他们换绷带，帮他们与亲友取得联系，所有这些事，再加上还要照顾自己的父亲，让她每天忙不过来。迪内希感觉，她几乎没有时间静静地待着。只有深夜中的几次，在那时分，所有伤员都能暂时把痛苦放在一边，在下一次炮击之前睡上一觉,他才看到甘加自己一人静静地坐在营地里,即使在那时,她也显得焦躁不安。她会解开头发,让头发披散在背后,然后又把头发紧紧拉回去梳着,不在额头或耳边留下一根。她尽可能紧紧地抓住头发,扎起来,非常用力,这样梳完头后,头发几乎完美地贴在头上。她会坐在那,显得有点失落,楚楚动人的脸上,眼睛睁得大大的。她不断抚摸头发,紧紧拽着头发,让头发贴在太阳穴和头皮上,有时仿佛感觉还贴得不够紧,就再次把头发解开,重新扎一次,这一次扎得比前一次更紧更用力。索马桑达拉姆先生不像女儿那样,不知道出于什么原因,似乎对亲人的死无动于衷。在过去的几个星期里,他一直在营地做事,为新来的人搭帐篷,为那些没钱的人买米,指导人们挖掩体和地坑。他曾经是迪内希听说过的某个地方的女子学校校长,加上他个子高,这两方面,使他在解决一些实际问题时可能会得到人们的尊重。他之所以能够更多地赢得营地里的人对他的尊重,是因为他是营地里直到那时还一直设法使家人都活了下来的少数几个人之一,尽管现在回想起来,这更多的只是出于偶然,而不是由于智慧或出于神的恩典。也许正是因为他也相信这一点,所以,在妻子和儿子去世时,索马桑达拉姆先生没有什么反应。也许他只是没有为这种可能性做好适当的准备。他不可能有意识地认为炮击会让他的家人幸免于难——在他们被炸死之前,他肯定已经看多了很多家庭的命运,知道同样的事情可能最终也会发生在他们自己身上——但也许这就像在比赛时,除非最后的结果出现,你永远不会真的放弃或听天由命。即使你知道你就要输了,即使你早就放弃了尝试,失败的事实也总是会再次变得明朗,在哨子吹响或在球门被攻破之时你自己难以相信,但直到那场比赛输了之后,一切都结束之后,有时还要再经几小时之后才会因认输而微微颤抖。也许索马桑达拉姆先生也是这样。又或者很难说是不是这样,但不管怎样,在妻子和儿子死后很多天,那许多日子里,索马桑达拉姆先生表现得似乎他的生活中没有发生过什么特别重要的事。直到后来,仿佛他的神经末梢所记录的消息需要某些时间通过皮肤吸收进去,他才开始表现出悲伤的迹象。他变得不爱在营地四周干活了,歇息得多了,话也少了。他的各种活动日复一日减少,家人死去两个多星期后他什么都不做了,只是一个人坐在自己的帐篷外,难得动一下,如果营地里有人来找他,要他提出什么建议或需要他的支持,他也只是摇摇头或者耸耸肩。

每天中午和晚上,时间根据当天的炮击模式而稍微不同,甘加把她煮的米饭和木豆放在他们从家里带出来的一个盘子上,摆在他面前的地上。索马桑达拉姆先生闭着眼睛点点头，头都不抬一下，只是示意女儿让他自个待着。有时他慢吞吞地吃一点，但更多的时候动都不动一下盘里的食物。有时他会用低沉但又能让人听得到，却没有任何感情的声音说饭太干或太稀，好像这是他不吃的唯一原因。甘加会把盘子再往他面前挪近一点，稍微皱起眉头，好像说他不能不吃饭，坚持要他至少吃一点。如果人们看到他没吃饭，会说些什么呢？如果他再不吃，她就采取不同的办法，坐在他旁边，把盘子放在他们两人中间，以此来明确表示，如果盘子里的东西没被吃掉，她就不离开，因为她知道她的父亲更愿一个人待着，所以希望他为了让她走而把饭吃下去。即使她确信父亲真的没法吃下去，甘加也会坐在那里硬喂他，就像在遵守某些更高的法律，而不是遵循父亲的意愿，只有在确信父亲不会让步时她才会放弃尝试。她会不安地四下张望，脸上的表情既有怒气又含尴尬，也许还有一点惭愧，然后站起来，把食物拿去给营地里某个快要饿死的人，小心地解释说，不是父亲不饿，而是饭煮多了。

迪内希去了诊所东面的营地，索马桑达拉姆先生的帐篷就在那附近。迪内希观察了帐篷几分钟，眼前的人散开了。现在他突然有点吃惊地意识到，他正在找甘加和她父亲。直到迪内希真的出现在他们面前，直到他实际听到自己对提亲的提议说要还是不要，他还不知道自己究竟该做什么。但实际情况是他想找到他们，而且他更有可能答应提亲，而不是拒绝。这件事究竟是怎么发生的，究竟出于什么他想不出的原因，在他内心的某个模糊的地方，结婚的问题似乎已经解决了，这件事显然并不取决于他。也许在那里所要做的就是做出决定，耐心等待着他们脑子里想出来的各种可能性，或许，他自己并不知道，他脑子里某个地方也一直在积极地思考，因为，从某种意义来说，如果认真考虑的话，做出来的决定就不会错。如果这个提亲是在战斗的时期提出来的，如果是他还和母亲在一起，认为自己很快就会返回家乡时提出来的，他的想法可能就不同，但现在他的母亲已经去世了，多数亲朋好友也去世了，甚至村里的大多数人也都死了。现在谁还会出面为他安排婚姻，他为什么要等到以后再结婚，好像还会有什么结婚的机会似的？他很快就会死掉，如果他答应提亲，意味着他在活着的最后几天中可以和另一个人一起生活，不是仅仅和某个人，而是和一个姑娘，一个女人，一个妻子。如果担心这样是否就意味着放弃和自己的身体在一起的机会，这很愚蠢，因为，即使他与甘加在一起度过自己短暂的余生，在她身边的也是他自己的身体，即使有甘加在场，他也会与自己的身体待着。他不知道他们在一起时会做些什么事。他不知道丈夫和妻子在一起时该做些什么，但至少他可以坐在她身边，在她身边吃饭，在她身边想事情，互相做人们在一起时通常做的事。他可以照顾她，用手搂着她那苗条的身子，安慰她，把她搂过来抱得紧紧的，让她有安全感，而她也同样能做这些事。谁知道呢，也许他们甚至可以做爱。做爱究竟是怎么一回事，他有没有能力做爱，他自己并不确定，但他知道，这是已婚夫妇在新婚之夜，或者在婚后应该做的事，也许他们可以在死之前做同样的事。

迪内希终于看到甘加坐在地上，她的身子有一部分被帐篷遮住了。她抱着一个孩子，轻轻地左右摇晃，眼睛盯着孩子的脸，似乎孩子身下有什么东西。迪内希一动不动地看了她一会儿，除了心脏的跳动，他完全静止，然后朝她走过去，站在她面前，几乎是俯视着她。她没有立即抬起头；她的目光从孩子的脸上转到突然在她眼前冒出来的人影上，好奇地看着它，似乎刚刚意识到它的来源是一个人，她不再摇晃孩子，抬起头来凝视着他的脸。她现在穿着一件纱丽，不是一件连衣裙，纱丽是鲜艳的孔雀蓝，金色褶边，两只胳膊上都戴着几个塑料手镯。她刚刚洗过的黑色长发绾成浓密的发髻，显出了脸上绷得紧紧的茶色皮肤，突出了那双盯着他的大大的黑眼睛。迪内希低头看了她一会儿才意识到,为了打破这种局面,他得开口说话。

"妹子,"他说,"你父亲在哪里呢?"

甘加盯着他,表情没有任何变化。她耸了耸肩,然后继续摇着婴儿,把他抱得更紧了。婴儿睁着两只眼睛,但所发出来的声音、所做的动作,都不似正常婴儿醒着时的那般,他完全静止不动,仿佛不想费心开始普通孩子的生活。

"你父亲有话要和我说。"

甘加又抬起头看着他,脸色突然发亮。

"你是迪内希坎坦。"

迪内希点点头,不确定那是在问他或是在告诉他什么。迪内希等着她再说些什么,但甘加只是继续看着他。

"你知道你父亲在哪里吗?"

"如果你是迪内希坎坦,我父亲一整个下午都在找你。他到处找不到你。你知道他在找你吗?"

迪内希摇摇头。"我不知道。我上午和他说话。我一整个下午都在诊室里干活,直到现在我才出来走走。他肯定没看到我。"

"走走吗?"

"好吧。去海边吧。"

"去海边?"她眨巴眨巴眼睛,"为什么?"

"没什么。"迪内希试着笑笑,"只是看看大海。"

甘加一时不知道要说些什么。她皱起眉,再舒展开,紧接着又皱起眉。

"你肯定是疯了。"

迪内希瞥了一眼四周,但没人注意他们。

"我很小心,妹子,不要担心。我并没有去海滩,我只是从林边看着海。"

甘加认真地注视着他的脸,似乎想看看脸上有没有裂缝。她的眉毛再次皱起来,声音开始有点咄咄逼人了。

"你是迪内希坎坦,不是吗?"

迪内希用力地点点头,要让她相信。

"你的名字是甘加斯瓦妮,是不是?"

她不回答他的问话。"你家是哪个村的?"

"阿旦潘。在马纳尔。"

"你自己在营地吗?"

迪内希点点头。

"你家呢?"

他摇摇头,表示他没有家。

"你住哪里?"

"就在营地的东北面。在树林里。"

"你没有睡在营地里?"

"没有。但离营地很近。二十分钟就可以走到这里。"

甘加再次看着婴儿,似乎没有什么可说的了。她把婴儿抱高起来,鼻子贴着他的脸蛋。婴儿的眼睛一直睁着,但是没有反应。看上去像个没有生命的类人的物体,上面只是装了一双活人的眼睛。

"这是谁的孩子?"

她耸耸肩。

"是男孩女孩?"

"女孩。"她对着在几米外一个地方睡觉的灰头发的女人示意,"那女人照料这婴儿,但不是婴儿的母亲。"

迪内希盯着孩子。"这孩子是怎么回事?看上去有问题。"

甘加慢慢站起身,走了几步,把婴儿抱离迪内希的视线。她看看四周,然后隔着一段距离半转过身子看着他。

"如果我父亲找不到你,他肯定回到诊所和艾耶在一起。等一会儿,我和你一起去。"

她走到熟睡的女人跟前,戳戳她的肚皮,把她叫醒。女人坐了起来。甘加把孩子放到那个女人的怀里,头也不回,也不等一下,就直直地往诊所的方向走去。迪内希看着她老练地绕过路人、帐篷和散落地上的东西,然后意识到他得跟在她后面,便急急忙忙地想追上她。那天早上索马桑达拉姆先生提亲之后，迪内希看到他在照顾艾耶，但直到现在迪内希才意识到，这是因为他希望祭司艾耶身体健康，可以主持婚礼。两天来，祭司艾耶一直光着身子躺在诊所的一个烟叶袋上，一片小钢片嵌入他胸前。他可以吸气，但只能断断续续地呼气。他慢慢吸气，尽量延长呼吸周期中无痛的一半，但他吸完气后就得停下来准备呼气，因为他的肺一次只能吸入正常量三分之一的空气，他不能排出太多的气。停下来之后是突如其来的痉挛，原想一次性把所有的东西都呼出来，却不可避免地变成缓慢而痛苦的挣扎，才能把胸口的空气清除掉。每个呼吸周期结束时，艾耶唇角上的黑色小气泡膨胀，根据排出来的空气量，要么缓缓消除，要么破裂。总之，看上去祭司活不了多久了，更别说主持什么结婚仪式了，但索马桑达拉姆先生还是尽职尽责地擦去了老人脸颊上的口水，扇走那些一直聚集在他伤口上的苍蝇。苍蝇几乎聚集在诊所里每一块裸露的肌肤上面，但只有那天早上，他看到索马桑达拉姆先生把苍蝇从祭司的身上挥走时，迪内希才注意到，苍蝇落到人的皮肤上时的动作，多么像去寺里做礼拜的人。它们在落下时会恭敬地收起双翼，弯曲四条后腿，放下身体低下头。它们把两条前腿抬到眼前，默默地揉着小手，似乎正在进行热诚的祈祷，只有经过这样几秒钟的伏拜后，才会恭敬地把嘴唇贴在皮肤上。

迪内希和甘加走近诊所前面,他们耐心地穿过防水帆布和摊开的手脚,走过滑溜溜的泥地,每一步都得小心翼翼。只要他可以抬起头往前看,就会看到甘加在他面前小心翼翼地挪着脚步,双手优雅地拉起纱丽的下摆,不让它在肮脏的地面擦过。他们不再谈话,迪内希倒很高兴,至少他们可以沉默一段时间。这并不是说他们没法聊下去或聊天让人很不高兴,实际上他一直对他和甘加说的话,以及注意到那些话对她的脸部表情所产生的效果感到吃惊。他对这样一种事实感到非常吃惊,即他的想法以声音的形式脱口而出,通过她的耳朵进入她的脑袋,在他们说话时他不会注意到其他的任何事情。现在他只是感激有机会来保持一段沉默的时间,恢复原来的状态。他没有想过他和甘加可以说话、可以交流,没有考虑过结婚意味着会有话说。他想不出任何例子,真的,但毫无疑问,婚姻不仅涉及偶尔分享信息,而且还意味着可以一起说话,仅仅是为了说话而说话。这个念头隐约让迪内希有点不安,因为他并不真正知道他们在什么时候可以说些什么,但最可能的是,他知道,他的不安只是因为他一段时间以来太习惯不说话了。所以,他很自然地在这么长时间没和人说话以后,觉得开口说话很吃力,甚至有点奇怪。但他也觉得没有必要担心,因为只要稍微练习一下,就会习惯了。

他们经过一幢较小的学校建筑,门口用大大的黑体字写的"职员室"还在,大部分伤员都在这幢长方形建筑里。建筑被墙分隔成几间教室,从一年级到七年级,每间教室的门口都贴着整齐的标签,就像工作人员的房间一样,除了前一星期被炮火炸坏的六年级和七年级教室,其他教室都用上了。每间教室的课桌和椅子都已被搬走,以增加地面空间,伤员们脚碰脚身挤身地躺在铺了麻袋和防水帆布的泥地板上。可以看得出来,直到最近教室还在使用的唯一迹象是黑板和仍然贴在墙上的海报、字母表、课程表和几张孩子画的画。迪内希和甘加沿着建筑的走廊慢慢走,快速地估量一下每间教室的情况,穿过要为学生提供光线和新鲜空气而安装的铁栅,一直走到五年级教室,谨慎地站在门槛上不动了。索马桑达拉姆先生就在那天早些时候他待着的地方,在房间远处的那堵墙边,蹲在没穿衬衫的祭司艾耶的身边。一道暖洋洋的夕阳透过铁栅照在那两个男人身上,迪内希和甘加站了一会儿,从门口望着他们。索马桑达拉姆的精力远不如早上,正用手指头和大拇指轻轻地按摩着艾耶,疲倦地从他的脖子按摩到肩膀,接着按摩胳膊,一边按摩一边呆呆地盯着自己的手,仿佛迷失在动作的节奏中。即使站在远处,也很容易看出艾耶的胸部动都不动了，上下嘴唇之间的血泊不再冒泡。他显然是在没有任何预兆的情况下去世了，面对这种事实，索马桑达拉姆先生仍在继续照料着艾耶那毫无生命体征的身体。迪内希站在门口，甘加蹑手蹑脚地绕过伤员走向父亲。索马桑达拉姆看到她后感到有点惊讶，手停了下来。他瞧瞧女儿，再看看迪内希，然后又回头看了看艾耶，看他那一动不动的胸膛和脸上渗出来的黑血。他默默无语地看了一会儿尸体，然后捏着艾耶毫无生气的手，把眼皮合拢，颤颤巍巍地站起身。他一言不发地从女儿和迪内希身边走过，走到门口，停了一会儿，然后示意要他们跟着自己往东走。他们默默地跟在后面，甘加疲惫地走在迪内希身后。他们离诊所越远时走得越快，越有信心，一直走到帐篷边，然后索马桑达拉姆先生突然停住脚步。他盯着一个因骤雨而在地面上形成的水洼，过了一会儿抬起眼睛看着迪内希。

"艾耶已经去世了，"他开口说话了，似乎是在说一件他们不知道的事，"但这并无所谓。在这种情况下，人们没法要求在任何情况下都遵循惯例。"

甘加走近父亲。"您是什么意思？"她的声音低沉但急迫，似乎不想让迪内希听到，"艾耶死了我们怎么可以结婚？"

索马桑达拉姆先生一直盯着迪内希。"没办法呀。我们必须做我们应当做的事。神会因为别人所做的事而加倍惩罚他们。但我们为什么要举行仪式呢？对军队来说这没有什么区别，他们不会知道的。如果他们问起来，我们可以骗他们说结婚了。"索马桑达拉姆先生似乎没有听到甘加的这个问题。甘加又重复了刚才后面那半句话，但索马桑达拉姆先生没反应，只是站在那里盯着面前的水洼，想说些什么说不出来的话。甘加半信半疑地看着父亲。她打量着他的脸，仿佛在寻找某种直到那时她一直认为是理所当然的东西，而现在却再也找不到了，她什么都不再说，目光呆滞无神。她眼睛里那种敏锐而不成形的点消失在她虹膜的液体里，虽然她眼睛下面没有眼袋，脸上也没有更深的皱纹，但是，由于一些微妙的变化，她突然显得苍老。她突然转过身，朝着北面走去。索马桑达拉姆先生继续看了水洼一会儿，然后仿佛从梦中醒来，面容僵硬。他示意迪内希应当待在帐篷附近，自己转身跟着甘加走了。毫无疑问，父亲与女儿之间存在着某种问题，但迪内希也知道，最好避免仓促下结论。迪内希看着他们向远处走去，父亲渐渐地追上了女儿，走到女儿身边抓住她的手臂，不让她再往前走。迪内希和他们离得很远，隔着所有帐篷和所有人，很难弄清楚到底发生了什么事，但他可以看到的是，他们似乎没有说话。父女两人只是站在一起，谁也不看谁。

迪内希转过身去，有点焦躁不安。他面前是一顶大大的方形帐篷，那正是甘加和索马桑达拉姆先生的帐篷。蓝色防水帆布覆盖在支撑的杆上，中间有点下凹。它占据的面积比附近的帐篷更大，里面可能还会有个小的掩体，在炮击开始、弹片横飞时，这家人就可以立即躲进去。甘加和索马桑达拉姆先生最后几星期都在这个帐篷里睡，母亲和儿子没死之前全家四个人都住这个帐篷，他们有可能把从家里带来的所有财产都放在了里面。说不出究竟是什么原因，迪内希非常想进去看看。如果他进了帐篷，仔细看看里面有什么东西，就能更好地理解所发生的事情。他又看了甘加和索马桑达拉姆先生一眼。他们离得太远，并没有注意到他，如果他很小心，可以在他们走回来时，在被发现之前就从帐篷里钻出来。即使没来得及出来，到时他仍可以找个借口。不受阻碍地检查帐篷里有什么东西的机会再不会有了，机不可失。迪内希蹲在帐篷门口，尽量不去碰防水帆布。他犹豫了一会儿，把头伸进狭窄的帐篷口。里面的空气又闷又干燥，但有点霉味，帐篷里的光线过滤成蓝色，里面的每一件东西有如来自远古。帐篷入口整齐地铺着一张床单，床单下面是一张白色的防水帆布，防止下雨时弄湿床单。一个米色袋子放在床单中间，袋子里面塞满了东西，两边的纤维爆出来。帐篷的一边有一个破旧的塑料手提箱和一个较小的帆布袋,另一边有几口黑乎乎的锅,几个塑料袋装着大米和其他干粮,另有一个塑料袋里装着几只鞋。帐篷的另一头是掩体,从他的位置看过去,掩体可能有四英尺多深,四面都有用细细的木条加固。迪内希慢慢爬进帐篷,身体已经有一半在里面。他挪向床单上的那个米色帆布袋,认真地看着它,仿佛可以从中找出一些隐藏的真相。他想把它打开,看看里面,却又觉得有点冒险,因为这得更往里一点才行,如果甘加和索马桑达拉姆先生突然回来,发现他就这样在帐篷里面,他能用什么理由解释?当然,他可以很快打开袋子,匆忙地翻翻里面的东西,在他们可能回来之前就结束一切。但这是毫无意义的,因为他想找的东西,肯定需要更多的时间才能找到,而不只是这样随便看看。迪内希再往前挪一点,膝盖跪在床单上,双脚还在帐篷外。他两手伸向前,手指头试探着鼓胀出来的袋子两侧,然后稍微放松一点,摸着绷出来的纤维。他用手掌轻轻地测试了一下里面东西的轮廓,用手掌轻轻按了一下,努力猜测它们可能是什么。他不能肯定地说出袋子里面到底是什么,但他不再担心被抓到了,他双手抱住帆布袋,闭上眼睛听着,仿佛袋子是一个怀着孩子的女人的肚皮,是生命的最微弱暗示,如果他能听得出,即使只是某种提示,他就会很感激,仿佛这样他就能更好地了解情况。

无论甘加和她父亲之间有什么分歧,甘加是对的,结不结婚对她的安全并没有很大的区别。如果这会使当兵的对待她的方式有所不同的话,他们两个人可以一直假装是夫妻。然而,不管她是不是结过婚,当兵的都很有可能对她做想要做的事。为什么索马桑达拉姆先生这么想要他们结婚,如果事情就是这样,那就有点难以启齿了。也许,他只是想在他死去之前看到女儿嫁出去,这样他便可以确信,如果他不能活下来,女儿也不会孤独。但这也不大可信。因为如果现在结婚,索马桑达拉姆先生肯定知道,那对甘加的未来来说,坏处比好处多。迪内希和甘加很可能都会在战斗结束前就被炸死;如果出现另一种情况,她活下来,而他却死了,那她得以寡妇的身份度过余生。而如果甘加没有结婚,以后至少有机会可以自己找个丈夫。这么看来,结婚并不一定符合甘加的最佳利益。因此,如果索马桑达拉姆先生想要甘加结婚,这不可能是为了女儿,而是为了他自己。也许这是他自己想要的东西,这样他才能摆脱对最后一个家人的责任,不再对任何人负责,最终可以自己一个人带着耻辱,平静地活下去。毫无疑问,索马桑达拉姆先生蒙受了极大的耻辱。父亲的职责是保护家人平安,而他却没有保护好自己的妻子和儿子。他肯定尽了一切努力，这意味着他可以在某种意义上摆脱内疚感，但事实上他无能为力，这只能让他感到更糟糕，把所有的开脱之词都考虑在内，也无济于事。如果他连妻子和儿子的安全都不能保证，他又有什么权利做一个丈夫和父亲呢？如果另一个人处于他的位置，会不会做得更好，这无关紧要，因为如果一个男人不能向妻儿提供最重要的东西，他又有什么权利娶妻生子呢？这个世界对索马桑达拉姆真是不公平，使他相信他可以承担这些责任，又消除掉他可以承担这些责任的一切可能性，同时让那些承担同样风险的人过着无忧无虑的生活，但无论如何，在一天结束时，每个人都必须为他们作为个体所承担的一切负责。一个人是否能够让他所挚爱的人平平安安，那是最重要的，没有别的，而索马桑达拉姆最终却不能做到这一点。如果他现在最想要的是摆脱自己的最后职责，然后可以有闲暇时间静静地反思自己作为男人的失败，那也是很自然的。把女儿嫁出去，人们就会说，索马桑达拉姆先生抛弃了女儿，把自己的职责推卸给别人，可这样能让他更轻松地安度晚年。也许这就是甘加心烦意乱的原因吧，因为她觉得父亲正要抛弃她。她并不一定不喜欢迪内希，也不一定就不想嫁给他，也许在另一种情况下，她甚至会毫不犹豫高高兴兴地同意结婚。当然，这很难说。但是，不管甘加怎样有理，她也很难不对索马桑达拉姆先生产生一些同情心。他是真的在放弃当父亲的职责，这是某种不可原谅的事，但他在离开女儿之前做了这么多安排，而不是在某一天突然离她而去，这难道不意味着他觉得自己在某种程度上仍然与女儿息息相关吗？无论索马桑达拉姆是否在甘加身边，无可否认的是，他再也没能力保护女儿了，实际上，他对甘加的依赖胜过甘加对他的依赖，但索马桑达拉姆先生仍然觉得他得对女儿的未来负责。即使他试图转移这种责任，他仍然认为这该由他自己来做，相信直到最后转移之前，那都是他的责任。这说明他仍然把甘加当成自己的女儿，即使在某一天生命结束之时，当父亲的可能会被问到更多，那仍然意味着某种东西。这种情况对迪内希来说似曾相识。大约一个月前，不是在现在的营地，而是在他以前住过的一个，他看到两个三十多岁的男人恶狠狠地踢着一个倒在地上的男人，而后者的妻子和小儿子就在旁边看着，大声哭泣，但不敢走上前。地上的那个人几乎动都不能动，每被踢一脚，身子都会缩起来，咳出大口大口的血，这时几个看到的人过来拉住施暴者，否则倒在地上的人简直就会窒息而死。被拉住的那两个人拼命挣扎，还要再扑过去踢打，好在被人死死拉住。他们的愤怒逐渐平息下来后，喘着粗气向聚集在周围的人群解释究竟是怎么回事。被他们殴打的那个男人是他们的妹夫，那时已经和他们的妹妹结婚几年了。他们的妹夫一直有点神经质，从某种程度上说，从来都不完全可靠，也不值得信赖。当战斗越打越糟时，他们都开始担心妹妹和外甥可能会被抛弃，妹夫为了逃避自己的责任而跑掉。他们觉得无缘无故地怀疑自己家里的某个人是可耻的，所以从来没有明说，但那天早上醒来时，他们突然发现妹夫失踪了。他们等了几个小时，但妹夫没有回来，最后他们两个走出营地去找。他们最后找到妹夫时，发现他躺在地上，远离他们的帐篷，身边放着一罐半空的农药。即使是逃跑，对这个懦夫来说也太苛刻了，所以他想自杀，让他们照顾自己的妻子和孩子，而不是像一个真正的丈夫和父亲那样，自己面对这种情况。听到这些话之后，拉着这对兄弟的人没有把他们抓得那么紧了，但也没松手，一直要把他们从躺在地上的人身边拉开。如果他们杀了他，他们就给了他所想要的东西，人群中的一个人这样平静地说着，把他们拉开了，不管怎样，即使没有人们的互相残杀，也已经死太多人了。当他们终于走了之后，那个不敢在兄弟面前显露对丈夫感情的妻子，跪在地上，开始擦拭丈夫脸上的血，和儿子一起默默地哭泣。他们的儿子听到了两个舅舅说的每一句话，但希望孩子还太小，不要明白这意味着什么。

迪内希听到了走近帐篷的脚步声，他的手在袋子的外面僵住了。脚步就停在帐篷外，但谢天谢地，他们又继续往下走了。迪内希松开抓住袋子的手。他有点不愿意离开帐篷，因为除了这个袋子，他没有机会认真看看其他东西，但他已经在里面逗留几分钟了，最好在甘加和索马桑达拉姆先生回来之前就离开帐篷。他最后扫了帐篷里面的东西一眼，试着记住里面每一件东西摆放的位置，这样，说不定他以后会猜到它们隐藏的秘密。然后他慢慢地退出来，退回到茫茫的夜色中。天已经黑下来了，在帐篷覆盖下的那块小小的正方形土地待过之后，头上茫茫的夜空有了某种气势。迪内希站了一会儿，调整一下视力，然后有点茫然地站起来环顾四周。他认真审视这个区域，看到甘加和索马桑达拉姆先生慢慢走了过来，父亲走在前面，女儿在后面几英尺跟着。他俩似乎都不关注周围的环境，几乎肯定不会知道迪内希已经进过他们的帐篷了。迪内希转过身，假装盯着地上的什么东西，在可以听到他们的脚步声时转身对着他们，脸上带着些许惊讶的表情，仿佛脑子仍然一直在想着其他事，而不是在想着他们的事。

"孩子，"索马桑达拉姆先生说，现在他的声音平静，而且有一种权威性的口气，与他刚才的声音不同，"来，你还是想要结婚吧，或者你不想？"

迪内希看着站在几英尺外的甘加。甘加挪开目光,脸上没有丝毫表情。迪内希又看着索马桑达拉姆先生。他稍微犹豫一下,慢慢地点点头。

"很好。但没有祭司来主持结婚仪式了,也不可能拿到正式证书。不过最主要的是,"索马桑达拉姆先生说,"作为新娘的父亲,我祝福你们两个。"

他的目光从迪内希转向女儿,但女儿仍然把目光挪开。

"情况很不寻常,但这和其他婚姻没什么不同。你们必须待在一起,互相照顾,互相负责。总有一天,就像任何普通的婚姻一样,你们必须生个孩子,抚养一个家庭。"甘加和迪内希谁都没有说什么来回应。索马桑达拉姆先生蹲在迪内希刚刚进去过的帐篷前,伸手进去,拿出迪内希刚刚拿着的那个装满东西的米色袋子。他拉开袋子的拉链,从里面拿出各种东西放在帐篷的入口处:两个塞满了各种文件的纸板文件夹、塑料袋、折好的衣服,还有几个包装整齐的纸袋,纸袋里的所有东西都超出迪内希的想象。索马桑达拉姆先生最后从接近米色袋子最底层的地方掏出了他正在寻找的东西,一张吉祥天女的小画,还有一个里面装着一小块东西的纸信封。他把其他的东西都放回袋子里,想要拉上拉链,但是他匆忙把它们塞回去时装得不够紧凑,没法把袋口完全合上。他把袋子放在帐篷前几英尺的地方,把吉祥天女的画靠在帐篷上,几乎是垂直地竖立着。他慢慢站起身,环顾四周,确保没有其他人可以听到,然后压低声音对迪内希说着。

"袋子里有九千卢比和我们在马拉亚拉普兰的土地地契,还有纱丽、我妻子的珠宝和其他贵重物品,现在这袋子里的每一件东西都属于你们俩。小心看好了。不是很多,但我把我所有的东西都给你们了,别人都不能说什么。"

他开始撕开他从袋子里拿出来的信封,小心翼翼地尽量撕得少一点,从里面拿出一条叠好的儿童手帕。他把信封放在衬衫口袋里,把手帕摊在左手手掌上。他用右手慢慢地把它打开,充满敬意地给他们瞧系在一条细长黄绳上的一块小巧致密的金子,那不比一个孩子的小脚趾大。

"这个,"索马桑达拉姆先生说,两手各拉着项链的一头,那块金子在他们面前晃来晃去,"是你母亲的金链牌[1]。"

迪内希和甘加盯着那个物体,似乎他们以前都没看见过金链牌。他们有点神经质地盯着它,似乎不知道它的来历和功能,好像它可能会突然在他们身上施展魔力。

"等你准备好后,"索马桑达拉姆先生看着迪内希说,

---

[1] thaali,专门指印度教婚礼中新娘佩戴的特殊金饰。——编者

"你所要做的就是把项链系到新娘身上。"

迪内希看看甘加,然后再看看她父亲。他注意到附近还有两三个人正用沉默而好奇的面孔对着他们,知道这里正在举行一场婚礼。迪内希第一次意识到他的脏兮兮的衣服和身体。

"我不应该先去洗洗吗?我不知道我们会在这一刻举行婚礼。我没有别的衣服穿了。"

"别担心,孩子,"索马桑达拉姆先生说,"无所谓的。你只需要新娘的父亲的祝福,就可以系上金链牌了。在这种情况下,我们不必去操心其他事。"

他把金链牌递给迪内希,迪内希犹豫地用双手捧着,然后索马桑达拉姆先生示意甘加在吉祥天女的画前坐下。甘加小心地蹲下身,怕弄脏纱丽,坐在那里无精打采地注视着女神。迪内希走到甘加和那幅画之间,两只手拿着金链牌,僵硬地站着,紧张不安地望着索马桑达拉姆先生。索马桑达拉姆先生点点头,让他继续往下做。迪内希慢慢地双膝跪下,直到新娘的头与他的胸部保持水平。他的眼睛不敢直视,却清楚地意识到甘加就近在咫尺。甘加的头发闻起来有一股肥皂和发油的味道,纱丽上有樟脑球味,也许她穿的就是母亲结婚时所穿的纱丽吧。迪内希两手各拿着黄绳的一端,轻轻地把那一小块金子移放在甘加锁骨之间光滑的褐色皮肤上,小心翼翼地用绳子围拢她的脖子。他停了一下,似乎期待把两端系起来时会发生什么奇怪的变化,然后深深地吸着气,轻轻地靠在甘加身上,小心地不去碰到她的皮肤。他打上第一个结,然后打第二个结,最后打上了第三个结。他停顿一下,手里还抓着绳子,然后身子往后仰,最后松开了手。有一瞬,他和甘加四目相对。他们视线之外的世界似乎正在融化,正如两个人在一片死气沉沉、空空荡荡的土地上穿过小径时,他们会停下来用言语和手势试图在他们的世界之间架起一座狭窄的桥梁,他们会相互对视,哪怕只是短暂而令人为之颤抖的一秒钟,以冲破他们之间满是死皮和尘土的空气。

微风拂过他们的耳朵。他们结婚了。

# 三

"你想出去走走吗?"

这个问题,虽然问的时候声音很轻,却在寂静中响起,迪内希和甘加才突然意识到了他们周围的环境。半圆的月亮升在空中,清晰可见。夜幕慢慢笼罩他们,就像一片温暖的海洋,缓缓而柔和的海浪冲刷着他们。很难说他们两人站在那里多久了,虽然彼此只相距几英尺,却都一动不动。系好金链牌后,那几个旁观了一阵的人离开了。索马桑达拉姆先生把东西装进要托付给他们的米色袋子,整理一下帐篷,确保所有东西都放在适当的地方。帐篷整理得干净而空荡,就像一座为新房客准备好的房子。索马桑达拉姆先生从里面爬出来,往后退了几步,从远处观察他的女婿和女儿、他们身后的帐篷,以及他们脚边的米色袋子。

他已经明示过迪内希，在任何情况下他们彼此都不能分离。如果他们遇到猛虎组织的招兵人员或政府军的士兵，应当立即让他们看甘加脖子上的金链牌，这样就不会有人怀疑他们不是夫妻。他们应该说他们已经结婚一年了，如果被要求出示结婚证，就应该说从村里跑出来时弄丢了。迪内希点了点头，对为什么要这么快就讨论这些可能性感到有点困惑，迪内希对索马桑达拉姆先生的补充解释，说他必须回诊所妥当处理艾耶的尸体也感到有些困惑。索马桑达拉姆先生在说这些话时身体放松了些，脸上的紧张表情也开始缓和。他看着眼前这两个人，仿佛是在欣赏他刚刚画上最后一笔的一幅画，然后倾身向前想亲吻甘加，他双手捧着她的头，把脸颊贴在她的脸上时，甘加浑身僵硬没有反应。他拿起迪内希刚才在帐篷里看到的小帆布袋，又看了两个人一眼，然后带着某种大事已经办妥的神态转身走开了，不是朝着诊所的方向走去，而是往西南方向走。甘加和迪内希仍然站在那里，避开彼此的目光，谁也不知道该说些什么或做些什么，直到迪内希开始担心，已经过了太长的时间没有说什么或做什么了。他认为系上金链牌而产生的动力必须被某些其他的共同行动所吸收，否则他们的婚姻就有如死水。他伸出双臂表示自己已经有点焦躁不安，他做好了准备，终于开口说话了。

甘加终于抬起头作为反应。"走走？去哪里走？"

迪内希试图与她进行目光接触。"我可以带你看看我住的地方。"

甘加考虑了一下。

"我们得看着这个袋子，等我父亲回来再去吧。"

"为什么我们不能把它也带着一起走？"

"别傻了。帐篷怎么办？我们不能没人看管帐篷。"

"不会有事的，"迪内希想要充满信心地说这话，"我们很快就会回来，没人会发觉我们都不在。"

甘加沉默了更长的时间，仿佛在权衡这个建议和她对这天晚上所设想的其他计划之间的利弊，然后同意了。迪内希拿起袋子，带着甘加一路缓缓地穿过营地，走向东北部。他诧异地听着身后轻微的脚步声，略带忧虑，仿佛只有一根极细的线把他们两人连在一起，如果他走得太快，就有可能把那根线扯断。因此，他故意走得很慢，甚至在他们到达营地外围时，也因推迟了他们不得不再次站在对方面前却没有什么可说的那种时刻而高兴。他们经过营地的东北边界，穿过不远的丛林，小心避开低垂的树枝，拨开坚韧的藤蔓，突然，在他们面前，树冠特别密集的地方出现了一小片圆形空地。天色已晚，但周围的树木之间有足够的空隙让夏夜最后一缕蓝光照亮覆盖着地面的蕨类植物和灌木丛，把光线投在丛林里的草木上。迪内希站到一边，这样可以让甘加清楚地观察整个地方。远处，一块长长的椭圆形岩石部分被周围的植被覆盖，迪内希每天晚上都睡在那块岩石旁边，那地方有四五英尺长，靠中心处有近两英尺高，整个表面柔软，有如苔藓，就像一片干燥的绿色地毯。他一看到这睡觉的理想地方，就立刻清除了岩石前面的所有植物，整理成一个狭小的长方形空间，周围蕨类植物的叶子很高，甚至从空地的边缘也看不见泥土。他煞费苦心地把长方形地面上的草都拔掉，再铺上鹅卵石，用石子围出一条装饰性的边界，为他的睡眠空间创造一种心理上或精神上的防御工事。他用几根木棍更具体地标出床的位置，但当时觉得床过于明显，别人就能看出这里有人住，所以又把木棍拿掉了，只剩下鹅卵石和石子边界。最后，他在岩石的朝北端的前面堆出了一个平缓的土堆，他的头枕在这土枕头上时，身体的其他部分可以躺在他精心侍弄过的肥沃而柔软的土地上。他的后背靠在岩石上，不是因为那上面有柔软的苔藓，而是在寻找岩石所给予的安全感，确保他的背部一侧不会有危险。每天晚上他静静地躺在这个长方形的地块上，却睡不着，既不在想什么也没有在等待什么。现在，他看着这个地方，在长满苔藓的岩石和植被之间的缓冲地带，以及这些互相依偎的高大树木之中，迪内希觉得有一股奇怪的暖流涌向自己的脸颊、脖子和胳膊。他以前在这块空地上感到既安全又舒适，现在，甘加就站在他身边和他一起看着它。在迪内希看来，在营地的其他地方，再没有比这里更安全、更舒适的地方了。

甘加看了一会儿这个地方，然后回头看着迪内希，似乎不明白他究竟想让她做什么。迪内希招手让她跟着自己朝岩石走去，小心不踩到任何植物。他蹲在岩石前面，把袋子放在身体右边，这样就可以让甘加坐下来而不会弄脏她的纱丽，迪内希示意她坐过去。甘加一声不吭地走到迪内希坐着的地方，看到他想让自己坐在袋子上，就撩起纱丽的边缘，轻轻坐上去。她什么都没说，对于所看到的隐藏在那里刻意营造出来的舒适睡觉空间，她显然不感到惊奇，也不感兴趣，仿佛这块小小的长方形土地里没有什么特别的东西，没有什么值得注意的特质。也许她只是得花更多的时间待在那里，也许这个地方的价值需要时间去体会，有些东西并不是一眼就能看出来的。迪内希对这个地方这么依恋，真是奇怪。战争使他的家人、亲戚和朋友流离失所，失去生命，他在这个特殊的营地里这个特殊的地方找到了自己的归宿，但其他地方也照样可以随时成为他的归宿。他在这里还没住到八九个晚上，但由于某种原因，他还是觉得和这个地方亲近，尤其是在这张床上，每天晚上他都躺着，默默地，安静地，无法入睡。似乎他在那里所度过的几个小时中，他的身体把某些温暖而不可察觉的物质输入泥土和岩石里，某种通过他的理解输入这个小小的空间的东西，以某种方式几乎成为他自己的一部分，一个特别的地方，几乎成为他的家。很难说他到底输入了一些什么——也许是某种气味，也许是掉落的皮屑。也许只是他身体前几天晚上发出的咕哝声，只是他身体节奏的微弱痕迹仍然在大地和石头的粒子中振动。也许正是这些身体的回响，回荡在一个人离开很久的地方，才使这个地方成为家。也许一个人回到童年的家时那轻微的颤抖，同样仅仅是由于身体的回响，仅仅是由于身体的活生生的脉搏的突然共鸣传递到很久以前住过的地方，就像音叉击中一个完整的物体时的声音消逝了，然后在颤抖的余音中再次返回原处。很难说究竟是什么吸引他靠近岩石和床，但他能看到、闻到或感受到这个地方会关心他，会照顾他。也许甘加也会有这种感受，如果没有也没关系，因为迪内希确信，无论如何，这个地方都会接纳她、保护她。

　　一阵凉风掠过空地，四周的蕨类植物轻轻地动了一下，然后归于静止。迪内希再次意识到，甘加就真实地待在他身边。他意识到，他还没有机会好好看看她，好好观察她的脸，从而了解她是什么样的人，她有什么感受。他们早些时候谈话时他太心烦意乱，举行婚礼后默默站在一起时他又过于害羞而不敢正眼看她。现在迪内希把身体转向甘加一点，不想引起她的注意，用余光观察她。甘加坐在袋子上，身子往前倾，脸离他很远，凝视着远处。他看不到她的表情，只看到她长长的后背上的柔和曲线，看到她那件衬衫蓝色袖子的边缘紧紧地缠绕在她的左臂上。迪内希用夸张的动作向后仰靠在岩石上，希望能在某种程度上引起甘加的注意。

"那是一件漂亮的纱丽。"他大声说。

甘加点点头，脸仍然侧向一边。

"那也是你母亲的吗？"

她又点了点头，从面前的床边捡起一块小石头，放在左手的手掌上揉来揉去。迪内希注意到，她的前臂上有一道长长的凸出来的疤痕，比其他地方的皮肤更为显眼，除了几条与之垂直的略微膨胀的锯齿，疤痕还很光滑。他坐起来，本能地把他的右手放在甘加的前臂旁边，指着那条疤，手指离得很近但没有碰到皮肤。

甘加不再玩石头了。

"你什么时候受伤的？"迪内希问。

她没有立即回答，好像不能马上说出来似的。

"一段时间之前。我没仔细看就跳进了一个沙坑。"

"还疼吗？"

"你没看到它好了吗？"

"我也有这样的伤口，但有时还会很疼。"迪内希伸出左腿，拉起纱笼，让甘加看从膝盖后部一直延伸到脚后跟上方的裂伤。和甘加的伤疤不同，迪内希的伤疤并没有从皮肤上凸出来，而是凹陷在皮肤里，一条发亮的几乎像聚乙烯条似的伤疤。那是一片弹片打伤的。甘加看看迪内希的伤疤，再看看自己的，然后目光转回到她一直放在手掌上揉来揉去的石头上。迪内希很难知道甘加是否理解他所说的那些话，或者在这件事上，她是否理解她自己所说的话。甘加有一种习惯，微微眯着眼睛，在说话之前停顿一下，眼睛看着远处，寻找着什么。最后开口时，她的话似乎彼此分离，似乎不是她自己说出来的，而是从她的嘴巴、舌头和喉咙里机械地运动着的肌肉里面发出来的。她皱着眉头，和迪内希一样专注地听着这些话，仿佛她自己对刚才所说的话一无所知。也许迪内希在说话时也和甘加一样，这很难说。迪内希放下纱笼，双腿交叉。他转身靠着岩石，倚在干燥的苔藓表面，好像想休息一下，然后再一次看了看甘加，又感觉有了说话的冲动。他担心，如果他再等下去，恐怕就很难再往下聊了，他们两人都会回归各自的世界里，谈话就会永久地结束。

"你读了几年书？"

甘加张开嘴仿佛要说些什么，然后又闭上了。她把石头静静地放在手中，然后似乎不情愿地把它放在两人之间的地面上。从她脸上的表情看，迪内希不明白她是不是听清了这个问题却不理解它的意思，或者她是理解了，却不知道该说些什么。她盯着地面看了一会儿，然后嘴唇挪动了一下，说出几句几乎让人听不见的话。

"一年前我读完 O 级。"

"你开始读 A 级[1]吗？"

她慢慢地点点头。"但开学几星期后学校就关门了。"

"在马拉亚拉普兰吗，还是不是？"

她点点头。

"你上哪所学校？"

"马拉亚拉普兰印度教女子学院。"

迪内希听到这句话后不再问了。之后，他想问另一个问题。

"你学什么？"

---

1 O-level 和 A-level，应指 Ordinary level 和 Advanced level，相当于中国的初中和高中。——编者

"会计。"

"你数学学得好吗?"

甘加想了一下,不高兴地皱起眉头。"我怎么知道?"

迪内希安静了一会儿,把甘加放下来的那块石头捡起来拿在手里仔细瞧着。他用拇指和食指拿着石头,用力捏,感觉到它粗糙不平的边缘贴在他的指尖上,他有点吃惊,他这么用力捏,石头却没有碎裂。

"我学理科。"他轻声说。

甘加没反应。

"我在我A级的那批人中得了第二名。我那个地区,在我前一名的那个男孩进了大学。我只差几分。"

他等着甘加说些什么,而她却连头都不抬起来。

"我最喜欢的科目是生物学。"她仍然没有对他的话做出回应。迪内希把那块石头放回床边。他觉得自己有点傻,似乎刚刚背叛了某种无知或愚蠢。为什么他会问甘加那些他不知道的读书的事。很长时间以来,他根本没有再想到学校生活,突然这些话从他嘴里冒出来——A级、大学、数学、生物学,这些话几乎是不由自主地说出来的,就在他听到自己说出来的这些话后,他就觉得这些事对他来说遥不可及,就像童年的照片一样,可以看出是某个人的脸,但童年时的心境和想法却一去不复返了。当然,学校和考试曾经是他过去生活中的一部分,但现在他有什么理由谈论自己的过去,或让甘加谈她的过去呢?他们早已把这些事抛在脑后,谈论这些有什么意义,他们的过去和他们的现在有什么关系?迪内希想起很多年前的一些被废弃和毁坏的建筑,他小时候常在里面玩。当时猛虎组织第一次夺取了他家的村庄和周围地区,他悄悄地翻过半塌的棕榈树叶篱笆,穿过荒芜废弃的花园,在所有支离破碎的建筑里面逛荡。摇摇欲坠的墙壁弹孔累累,没有被完全打穿的地方可以看到橙色的砖块,好似流血的伤口。他默默地走来走去,踩着水坑走过土堆和废墟,去捅塌陷的屋顶上的破陶瓦,捅门上和天花板上腐烂的木板,捅破碎的瓷盆,捅地基上变形生锈的铁和加固物。他家附近有许多损坏的建筑可以让他探索,但不管这些建筑怎样,有什么用途,无论是房屋、商店、学校还是神龛,在战斗中被摧毁的所有建筑的瓦砾都没有什么不同。当然,你可以在石膏、混凝土、木头和砖瓦的碎片中知道这些曾是什么建筑,里面曾住着什么样的人,这些房子是用来做什么的。一张曾经有个孩子坐着读书的破书桌,一个失散的家庭厨房里的水壶、水壶铁锈斑斑的外壳,或路边一座庙宇里破旧的铜铃和破碎的灰泥雕塑。但是,除了这些小而无用的遗迹,战争已经把这些建筑摧毁至同一种状态,那么,梳理这些废墟究竟有什么用呢？除了因为孩子气的好奇心而想了解这些被摧毁的建筑的身份，还会有什么意义呢？最好的办法是清除所有瓦砾，把剩下的东西夷为平地，并在原址上建造未来所需要的全新的东西，但这又有什么意义呢？

可是，如果他们不能谈论他们的过去，他们又能对彼此说些什么呢？他们都是没有未来的人。

树叶轻轻地在他们周围沙沙作响，迪内希又看了看甘加。她仍然低着头盯着地面，看不出她是否不安。他轻声对她说：

"我们结婚你高兴吗？"

甘加看着他，说了一些他根本没法听清楚的话。

"如果你想要，"他继续说，"我们以后可以举办一次像样的婚礼。"

甘加继续保持沉默，然后突然站起来。

"你饿了吗？"

迪内希抬起头来，有点惊讶地看着她。在过去的几天里迪内希几乎没有吃过什么东西，但他已经习惯了饥饿，甚至没有想过要吃点什么。迪内希站起来，摸索着他的纱笼，因为坐着，纱笼已经松了。

"我得给我父亲煮点饭，"甘加说，"我也会给你煮一点。"迪内希尴尬地笑了笑，这个提议使他感到局促不安。

"不需要。"

"不会多费什么事。"

迪内希想了一下,点个头表示默许。他拿起米色袋子走到空地的边缘。他转过身来,以确定甘加在后面跟着,等她站到自己身后,然后走进寂静的树冠覆盖下的黑暗中。他并不确定甘加为什么建议做饭给他吃。很可能是因为她不得不像她所说的,要做饭给她父亲吃,但迪内希也担心,这可能也是因为甘加可怜他自己。也许甘加从迪内希一无所有的事实中推断出他没钱买吃的,或者可以从他有多瘦来判断他没有吃什么东西。也许他应该拒绝甘加给他煮饭的提议,应当说他今天早些时候吃过东西了,现在还不饿,尽管现在他还在考虑着吃饭的事,不确定自己能不能有饭吃。他最后吃的一顿像样的饭是在两天前,一个老太太给他打了几瓢饭,因为他曾在一两个月前帮她挖过掩体。他走过营地时老太太认出了他,高兴地大声叫他。迪内希想了好一会儿才想起她是谁,因为自从最后一次见到她以来,她已经和家人团聚了,脸色好多了,也胖了,没有记忆中那么僵硬无表情。迪内希比上次见到她的时候瘦多了,老太太拉着他的胳膊让他坐下来,说他应该和他们一起吃饭,他体内的精力比自己的更有用。老太太从锅里舀出一些米饭,那不仅是给她自己做的,也是给她的女儿、女婿和外孙做的，她把饭放在一张折叠好的报纸上递给他。由于食物短缺，一公斤大米已经卖到了近一千卢比，而大多数逃难者一天都吃不到一顿饭。老太太的慷慨大方让他感到尴尬，也因为感觉到老人的女儿女婿并不愿和陌生人分享有限的食物，所以他吃得很快，简直就像是直接吞进喉咙，没有给自己一个留在嘴里尝一尝味道的机会，迪内希吞下饭后就匆匆离开了。在这个星期剩下的时间里，他用最后一点钱买了几包饼干。他早上吃两块，午后吃四块，晚上又吃四块。他把每块饼干掰成两三个小块泡在一点水里，使饼干变软，那样味道更好。他用很长的时间把每一片饼干都磨成了嘴里的软奶油，然后才咽下去，因为他每次只吃一点点，所以还没能完全领略它们的味道。

迪内希和甘加从树下走出来，赶上了傍晚的最后一缕光线，然后继续穿过营地。比起早些时候，现在的营地里安静多了。那些还有点钱的人正在做饭，或者在吃晚餐，那是他们还能买到的一点点还在流通的食物，其余的人都静静地坐在那里，想在夜间炮击开始前的几个小时里睡个觉。迪内希和甘加走过去时看着他们，有些人的脸被小小的不显眼的火焰模糊地照亮，其他人笼罩在深蓝色的天空投下的阴影中。迪内希再次注意到营地里几乎没有人说话。只有几个男女在自言自语，轻轻地来回摇摆，静静地笑着、哭着或咒骂着，但大多数人只是默默无语。当然，营地里的人也互相交流，他们互相交换食物和药品，分享有关战事的消息，分享有关失踪人员的消息。但当知道所处的实际情况以后，每个人基本都不再说些什么。在这样的时候，没有什么急事要做，没有亲人可找，也没有需要收集的尸体。上一次炮击的影响已经过去，除了等待下一次炮击降临，再也没有什么事可做了，大多数人只是坐在那里，默不作声地计算着时间。也许他们并不想说话。也许他们太累，或者太心烦意乱，根本不想说多余的话。这与日常生活中的情况全然不同，平时在任何情况下，人们似乎总是在空闲时间互相交谈。亲友们会来探访闲聊，学生们会在课间大笑和争吵，顾客会在商店和摊档里逗留与店主交谈，人们会停在街上向熟人问好。在普通的生活中，人们的谈话无疑往往超过任何实际需要或目的，虽然迪内希并不清楚，他们花了那么多的时间究竟在谈些什么。仿佛在他所有的记忆中，人们都在说话，嘴巴都在动着，但没有发出任何声音。他猜不出来他们可能在说些什么，因为他弄不懂，到底有什么可谈的呢？当生活中的实际问题都已经处理清楚，所有的计划都已经完成，那人们还有什么真正要说的话呢？

当然，人们可以简单地交谈，因为他们不得不为了聊天而聊天。也许，当人们交谈时，所谈的话题并不比交流的行为更重要，当他们没有什么紧急迫切的事，只需要找点其他话题，这样就可以继续说话了。这很难说，但也许这就是人们在日常生活中总是回到原来的话题、回到他们感兴趣和喜欢并了解的东西的原因，简单地说，只是因为他们有足够的谈资让他们没完没了地闲扯。因为，即使谈话的行为比所谈的事更重要，除非你有一个话题要说，否则你永远不可能进行一次谈话。也许这就是为什么营地里的每一个人都保持沉默，不是因为他们不想说话，而是因为他们再也没话可说了。谈话毕竟是一件很脆弱的事情，就像植物只能生长在肥沃、温暖和有营养的土壤中，就像人体的细胞低于或高于一定温度都不能存活，就像人的眼睛不能看到长于或短于某种波长的辐射，就像人类的耳朵听不到高于或低于某些频率的振动，也许只有在很有限的范围内，人类的谈话才能滔滔不绝。这并不是说营地里的人不想说话，如果有机会的话，人类总是会说话的。谈话就像一个隐身的幻影，像一股光纤射向空中，通过人们的耳朵进入其他人的身体，从这些人传到另一些人，再传给更多的人。思想、感情、猜测、故事、笑话和诽谤都只不过是细细的线，在说话结束很长时间后仍然把人们的心绑在一起，因此，社区不过是人类以这种方式聚集在一起而形成的庞大、复杂、不可察觉的网络，其作用不是限制行动，而是将每个人彼此联系起来。因为需要这种联系，如果有可能的话，人们总是可以找到一种交谈方式。也并不是因为不需要这种联系，营地里的人才不再说话，而是因为他们再也没有什么可说的了。平日生活中很容易编织的透明线现在已经消融，所剩无几了，营地里的每个人都只能静静地独自坐着，迷失在自己的内心中，无法以任何方式彼此连接。

甘加示意迪内希在帐篷外等着，然后自己拿着袋子进去。几分钟后，她一只手抱着一捆干树枝和木柴，另一只手拿着一只凹下去、锅底黑乎乎的金属锅出来。她没有穿纱丽，而是穿着迪内希之前在诊所里看到的那件宽松的棉外衣，那是一件褪色的粉红色长衣，腰部和大腿周围都有黄褐色污迹。她把木柴放在帐篷旁边挖出的一个小土坑里，把锅放在旁边的地上。她又走进帐篷，拿出一个塑料瓶和两个装满东西的塑料袋，其中的一个比另一个大四倍。她从大袋子里倒出不少米，小心地从小袋子里倒出一把木豆，然后拿着瓶子走向附近的水泵。白天，排队取水的人很多，但通常在傍晚时分就会消散，因为大多数人很早就把所有的瓶子装满了水，以备晚上得突然离开帐篷和掩体。几分钟后甘加拿着装满水的瓶子回来，把水倒进锅里，用食指和中指量一下水要比米多多少。她从帐篷里拿出几张旧报纸和一盒火柴,蹲在坑旁,把报纸撕成长条或方块,揉了一下,塞到木头之间的缝隙里。她划了一根火柴,耐心点着每一张报纸,火柴都快烧到她的手指头了。烧着的报纸开始卷曲,木头很快也烧着了,噼啪噼啪响起来。较小的碎片跳出微小的火花,有一些开始冒烟。甘加的身子往后挪了挪,看着火势越烧越旺。她静静地站着,前额下面的眉毛皱着,一只手抚着头发,另一只手紧贴着膝盖。没有看到索马桑达拉姆先生。迪内希意识到,他们已经至少有两小时没看到他了。如果他真的去诊所看艾耶,埋葬艾耶肯定不要用么长时间。他犹豫不决地看着甘加,不确定是要提出这个问题还是应当回避。他身子往前靠一点,最后轻声地说:

"你知道你父亲在哪吗?我们要不要去找他?"

甘加抬头看着他。"不用了,"她立刻说,"我们得留在这里。他一定还在埋艾耶,很难找到他。"

"你还会给他做饭吗?"

甘加点点头。"他回来时会吃。"

她轻蔑地摇摇头。"我们得看好帐篷和所有的东西,等他回来。再说,如果我父亲回来后找不到我们,他会很担心的。"

甘加站了起来，捡起放在一边的一大一小两块厚木柴塞进土坑的另一边。她拿起锅放在两块木头上，这样下面的火焰就可以直接烧到锅底了。

"你觉得葬礼需要多长时间？已经两个多小时了。"

迪内希等着，但甘加只是继续看着火。小木柴现在烧起来了，火不大，木柴发黑，那根大点的木柴的前部开始烧起来了，火花从土坑里爆出来，然后像死去的萤火虫，在不远的地方熄灭。

"我只是担心，如果我们在营地待太久，招兵的人会注意到我们。这就是我为什么要睡在树林里的原因，如果我留在这里，某个嫉妒心强的母亲早晚会告诉他们我在这里，或者他们会自己来把我带走。"

甘加看了一会儿迪内希，好像他在让自己重新考虑，然后又把目光转到火上。锅里的水开始慢慢冒起水泡，咕噜咕噜响着。火花也噼里啪啦飞溅，起先不旺，但后来越来越旺。他们听了一会儿，声音变得越来越深，越来越重，这使人们想起，有些东西现在虽然遥远，但仍然让人感到滋润和安全。甘加站起来，看看水是不是真的开了，她盖上锅盖，然后蹲下继续看着火。她的脸上出现了不安的表情，甚至是焦虑。在此之前，她那张僵硬或紧张的脸掩盖了她的所有感情，现在似乎放松了，使她的表情显露无遗。

她意识到迪内希正在看着她,就低下了头,把脸遮住了。

"这不是什么大问题,"迪内希说,"我们可以留在这里直到你父亲回来。我可以在帐篷里躲一会儿。"

"不,"她头都不抬便说,"你说得对,我们最好回到那块空地。我会把我父亲的饭留在帐篷里,他回来以后再吃。我可以在早上和他谈谈。"

他们默不作声地坐了十到十五分钟,听着锅里水冒泡的声音,最后甘加一言不发地站了起来。她小心翼翼地握住锅的把手,迅速把锅从火上拿下来,用锅盖捂住锅,把带泡沫的多余的水倒在地上。她又把锅放回火上,走进帐篷拿出三个盘子、一个勺子和一个塑料袋。她从塑料袋里抓出一些白色粉末撒到锅里,也许是盐,然后很奇怪地用勺子用力把它搅拌到米饭和木豆里。迪内希有点难过,但他不知道自己该说些什么。如果他发现什么事可以很自然地说出来而不是被迫说出来,那就很难抗拒说话的欲望,但回想起来,如果他根本不提起她父亲,显然会更好些。他不知道甘加有没有意识到她的父亲可能不会回来了,但不管怎样,只要她还生活在这个时代,早晚都会看到这个事实,没有必要强迫她。很久以前,当迪内希还是个孩子的时候,他记得,他躺在一片草地上仰望天空,然后转身趴在地上,发现躺着的地上有一小片含羞草,隐没在草丛中。他身体没有碰到的几片嫩绿的叶子还张开着，每一片都不到一毫米宽，大部分的叶子都紧紧地合上，卷靠在茎上，以保护自己不受他身体的伤害，只有粗糙的棕色叶面暴露在外面。他立刻起身跪下，俯下身子，以免遮住充满爱抚的阳光，想看看是否有办法让它们再张开。

他知道，任何最轻微的接触都会引起含羞草的反应，似乎遭到巨大的痛苦，立即闭合叶子，但他完全不知道这些小叶片要再过多长时间才会重新张开。如果他愿意的话，可以硬把它们掰开，但是，强行解除这种弱小植物保护自己的唯一防备，即使是为了它好，也会让它感觉比之前更受侵犯。他唯一能做的就是耐心等待，等含羞草的叶子自行张开。他不知道这需要多长时间，几分钟、几小时或几天？他对自己保证，如果它们把自己的叶面暴露在大气中，他会像呵出水汽那样，温柔体贴地对待它们。

米饭和木豆熟了，甘加把锅从火上拿下来，把少量米饭和木豆混在一起放在她父亲的盘子里，如果他回来了，还真不够他吃的。她像祭司向神奉献食物那样把盘子放在帐篷里飘乎乎的布帘后，然后小心翼翼地合上布帘，把水瓶递给迪内希，让他洗手。迪内希把水分别倒在两只手上，把手指擦干净。甘加为他准备了一盘饭，他两腿交叉坐下，甘加把盘子放到他腿上。迪内希抬起头看着甘加，让她一起坐下，但她摇了摇头，一直站在那里，向他做个手势，表示只要他开始吃，她也就会吃。迪内希低头看着热气腾腾的饭。他已经很长一段时间没有吃装在盘子里面的东西了，甘加在旁边看着他吃饭，这使他觉得有些紧张。他端详着他那干净的右手，似乎第一次注意到自己的四个指头和大拇指，然后五指合拢，挖出米饭和木豆，开始搅拌，让饭散发热量。他的手指在米饭里搅了这么长时间，指间粘着柔软而潮湿的饭粒，那真是一种奇怪的感觉。更奇怪的是，他的右手也可以用来吃饭，而他正要把东西放进自己的嘴里。大米和木豆完全混在一起，他小心地用手指抓起一个饭团，犹豫了一下，然后把它送到嘴边。他张开嘴把饭团塞进嘴里。嘴里的饭团很热，他用舌头把它卷起来，感觉到柔软的饭粒的形状和味道，再用舌头把口中饭团的饭粒分离开来，不断搅动。他的下巴不由自主地移动，臼齿磨着饭粒，把分开的饭粒重又磨成一个柔软而温暖的整体，慢慢地挪到嘴巴的后部，吞咽下去。只有当某种温暖的物体从喉咙里滑下来，穿过鼓起的喉结，掉进他的食管时，他才意识到这一点。他一动不动地坐了一会儿，似乎吃了一惊，然后捏起粘在脸颊后的几粒米饭，也把它们吞了下去。他把舌头探到牙齿和牙龈的敏感表面，好像第一次这样做，低头看了看粘满饭粒的手指头，然后又把手指伸向盘子里的食物。他把更多的饭抓在手里,送到嘴里,嚼着,让它混合起来,再一次吞下去。吃下几口饭后他的胃开始灼热,可能是因为他很久没有这样一次性就吃下这么多东西了,但他还是一直一口一口地往嘴里塞,嚼着,混合着,慢慢地小心吞咽,他知道,如果他继续吃下去,肚里的疼痛感很快就会消失。他开始想起了吃的节奏,恢复了对每一步骤的正确时间顺序的记忆。他撮起另一口饭之前咀嚼嘴里的饭,又在把抓着满满的另一口饭的手伸到嘴边所需要的时间内把嘴里的饭吞下去。盘子上的米饭和木豆逐渐减少,但他还没有吃完,甘加就从迪内希手中拿走了盘子,从锅里倒出更多的米饭和木豆,再放在他面前的地上。甘加把一些米饭和木豆装在另一个盘子里,在离迪内希几英尺远的地方坐下来,躬着腰吃起来。两个人现在慢慢地、耐心地一起吃饭,都沉浸在吃饭的节奏中。

　　天已经完全黑下来了,白天已经消逝了。炮击很快就会在一个小时或几个小时之内开始,或者很难讲什么时候会开始。他们吃完盘子里的最后一点食物,除了湿乎乎的不锈钢,什么都没有剩下了。吃完饭后的很长一段时间,他们都坐着一动不动。帐篷西边不远的地方,传来一声响亮而连续的哀号,划破夜空。最初听上去就像一个受伤的人从睡眠的虚无状态中醒过来,被迫再次面对可以意识到的痛苦。但是，当他们再去听时，这哀号似乎不像受伤的人在叫唤，而是一个刚刚失去亲人的健康的人的哀号。他们听到这个声音时也注意到，天空中有一颗明亮的星星，它此前看上去那么黯淡，现在却让人意识到了人们此前不会留意的星星的微光。他们也听到从营地的不同方向传来了其他声音，哭泣、哀号、呻吟，根本说不清究竟有多少种声音。他们站起来，感觉有些声音消失了，就像从远处传来的救护车警笛声那样，发出声音的人又陷入了无意识状态，而另一些人又加入了合唱。甘加慢慢地站起来，拿起空盘子和锅走向水泵。迪内希站起来，舔着指尖上的最后一粒米饭，用瓶子里的水再洗了一次手，他意识到现在该是他和甘加一起度过第一夜的时间了。

# 四

战争来临时,迪内希和母亲也和其他人一样,离开家时收拾了自己随身携带的物品。在两三天内,人们源源不断地穿过那个地区。猛虎组织用村里的播音机命令人们撤离村庄时,远处已经传来了隆隆的炮声。炮弹猛烈地爆炸,爆炸后的余波向外扩展。直到疏散前的最后那个晚上,他们好不容易才雇到一辆拖拉机,要和两家邻居一起逃离,然后整夜疯狂地收拾行李。迪内希记不得他们究竟决定带走什么东西,但他仍然记得的是,收拾完行李后,他满意地看着自己的家,那所空荡荡的房子。他们一路撤向这个地区时,他高兴地想,不管发生什么事,他们的东西至少是安全的。天还没亮,他们几乎没有时间去考虑究竟正在发生什么事,只能爬上拖拉机后斗,躺在所有松散堆放的家具和物品中间晃晃荡荡，车斗的薄铁皮在发动机的轰隆声中剧烈震动，他们好奇地看着安静的小巷渐渐向后退去，消失，似乎他们只是要去参加一个事先没有计划，但不一定让人不快乐的假期。那天晚上他们收拾东西太累了，没有睡觉，一直在为局势感到担忧。不管怎样，过去他们也曾经几次被迫离开家园，逃难并不是什么新鲜事。只要再过几个星期他们就会回家，最多不超过一个月。他们离开时，这个村子可能会看到一点炮火，也许也会被几枚炮弹击中，但很有可能他们回家后会看到自己的房子完好无损。

过了一段时间后他们进入主干道，加入了又长又互不相识的逃难的人流中，才知道有些人已经撤离好几天了，有些人和他们一样刚刚离开家。情况越来越明显，这次特别疏散的范围比他们以前经历的那几次疏散范围更大。不仅是他们的村庄，他们那地区南部所有地方的人显然都被疏散了。而且很明显，猛虎组织控制地区的东南部所有村庄的人都被疏散了。这当然有点让人感到吃惊，但没有人认真议论这件事，因为很可能不太值得去担心，也许这一次猛虎组织只是决定比平时多采取一些预防措施。迪内希他们跟着大篷车向东北方向走了一整天，在一个挤满逃难人员的营地停下来。他们不知道那里有多少人，只知道这是个大营地，比他们以前撤离的任何营地都大得多。他们在那里待了大约三个星期，然后炮火再次逼近，猛虎组织的人告诉他们要收拾东西，再转移到另一个更靠近猛虎组织控制地区中心的营地。他们在新的地方又住了三个星期，接着转移到另一个地方，然后是另一个。他们在新地方待的时间从三个星期缩短到两天到十天，甚至更短，再后来，他们在路上耗费的时间比在某个地方住下来的时间都长。他们每经过一个城镇或村庄时，都有成千上万新的逃难者加入他们的逃难队伍。他们撤退的速度越来越慢，尾随他们身后的炮声随着每一次转移都越来越响，但没几个人谈论这种情况和显然正在发生的其他事，甚至没人抱怨，因为猛虎组织的人所知道的情况，他们显然全都不知道，也认为没有必要仅仅因为缺乏信息而得出令人不快的结论。迪内希和母亲用帐篷罩遮挡阳光，不安地默默坐在拖拉机的车斗上。拖拉机慢吞吞地沿着拥挤的淡红色路面开着，在无边无际、晒得灼热的天空下开着，起初沿着东北方向走，然后一路向东，穿过荒芜的土地和灌木丛。有时路会穿过丛林，黑绿色和棕色的树叶抚慰着他们的眼睛，路两边长而茂密的树枝在他们头上交织，形成树冠，只有缕缕清凉的光线照射进来。但是他们迟早得走出这些阴凉的地方，进入大片炎热而干燥的土地。在几个小时的跋涉中，除了偶尔的检查站和依然矗立在远处的棕榈树，人越来稀少。

其他被疏散的人也带上了他们所有的东西,装在卡车、拖拉机或牛车上,每一辆车都塞得满满的。塑料和木制家具、电视机和缝纫机、自行车和摩托车、盆栽的植物、垫子、扫帚柄、宠物、家禽、儿童玩具,所有可以带得上路的东西都带上了。无论炮火离他们有多近,大多数人都不愿意承认这些东西有可能和他们分离,甚至在炮弹飞快地在他们身后落下来的呼啸声中,在炮弹爆炸之前,甚至在炮弹随意地落在人流拥挤的路面上时,也都不愿意承认这种现实。真的没有人预料到这次转移会长达几个月,没有人记得猛虎组织以前曾经失去过这么大片的土地,但当然,军队被击退只是几天的问题,然后他们就可以带着他们的所有家当重返家园。因此他们小心翼翼地看好自己的每一件东西,柴油用完以后就用煤油,绕过烧焦的尸体和损毁的车辆,坚持到天空最后变黑,滂沱大雨无情地泼洒而下,拖拉机和敞篷车上的每一件东西都被雨淋透,连那些他们想用防水帆布遮盖上的电子产品也都湿淋淋的了。土路变得软乎乎的,泥泞不堪。土坑更深了,一路都是和水坑没有什么区别的棕色水洼。很快,每条路都被拖拉机和卡车堵住了,它们要么在炮击中被炸毁,要么就陷入泥潭里无法开出来。为了能够继续前进,人们被迫放弃自己的车辆,也被迫放弃付出巨大代价而带出来的所有物品。他们在各种令人难以置信的情况下煮鸡,扔掉鸡笼,尽可能在摩托车或三轮车后面放更多的东西,尽可能快地继续转移。到了燃料不足的时候,那些东西也不得不被扔掉,他们只拿上可以装在袋子里的东西,肩扛手拎,那里面装着钱、珠宝、房契地契、身份证、照片、药品、食物和炊具,没有人知道什么东西是最重要的,什么东西是他们会后悔没带上的。有些人并不会因为没地方放而扔掉漂亮的衣服,而是把能穿上的衣服都穿上,疲惫不堪地在看不到边的人流中挪动,盲目地绕过躺倒在泥泞道路上的尸体和被丢弃的物品。经常可以看到女人穿着鲜艳的五颜六色的纱丽,绿色的、金黄色的、紫红色的,各种颜色都有,有如从一场没有按计划举行的婚礼或庆祝活动中回来。

人们可以看到,那些在到达营地前一直抱着最后剩下的袋子和包袱的人,现在总是紧紧地抓着它们不放。无论是睡是醒,他们都把袋子放在身边,即使在大小便时也不会撒手。其实并没有多少东西有被偷的危险,因为在这种情况下,任何人所带的东西都很少具有保留下来的价值,但他们仍然紧紧抓住不放,好像如果不这样的话,这些东西就会飘然而去,一去不复返,仿佛他们的财产,无论它们以前具有什么用途,现在都只能起镇纸的作用了。当然,每个人在开始撤退时都被迫把一些东西留在家里。有些人，如果离家太匆促，或者租不到运输工具，可能被迫留下几乎所有东西。把财产留在家里的问题是，你心里会一直惦记，放在家里的东西会不会被人抢走，但是他们肯定会认真地把最值钱的东西埋起来，或藏在家里最隐蔽的地方，在回想起来时至少会很高兴，觉得这些东西可能还都完好无缺。他们离开家和村庄好几个月了，也撤得越来越远，现在他们可能仍然会感到满意，即使想到他们带出来的东西都被丢弃了或者都被毁坏了，即使炮弹落在他们身上，他们的感情和记忆随之消失，他们在世界上的某个地方仍然拥有财产，不管他们离开多久，或者是谁接管了他们的家园，都会有具体的物品来说明那是他们的家。

迪内希现在很难确切记得他母亲和他究竟在什么时候被迫放弃了拖拉机，那也许是在十月底或十一月底，猛虎组织的"首都"保卫战开始之前不久。在那之前他们的钱都已经用光了，但是他们仍然设法保住拖拉机，直到他们到了一个远亲的家，希望能够把东西留在那里，而不是像其他人那样把东西丢弃路边。他们看到那所房子被木板封住了，大门上锁。也许他们的远亲就在几天前被疏散了。迪内希和母亲别无选择，只好把所有东西都卸到房子前面的草地上。他们把最迫切需要的东西塞进两个袋子里，知道自己很可能再也看不到留在那里的东西了,然后继续往前走,走走停停,炮弹又开始追在他们身后,他们得继续转移。就这样持续了几个星期,甚至一个月。他们的行动缓慢,因为他母亲没力气一次走很长时间,听说的关于转移目的地的消息互相矛盾,因此他们总是犹豫不决,最后那两个袋子里的东西也被扔掉了。那是一个清晨,在一个村庄外,他们前一晚停下来过夜,不远处传来一声沉闷的巨响,然后从同一个方向传来了巨大的咔哒声。接下来是一片寂静,他们根本不知道该做些什么,以前从来没有听到过这一连串的声音,再接下来,大约一分钟后,又发生了几次声音不太大但威力很强的爆炸。炮弹在四周同时爆炸,一枚接着一枚,越来越密集,就像一大袋弹珠被倒在水泥地板上一样。他们根本没有时间来判断情况,只能赶快收拾好自己的东西走上大路。他们连滚带爬,刚和其他人家跑出那个地方,又响起了各种爆炸声,远处也传来了另一声巨响,接着又是一个咔嗒声。他们继续往前走,迪内希听到了短促的喘息,他转过身,看到母亲倒在几米开外的地上。

  迪内希已经再也记不得其后所发生的事了。他记不清当时的感受和他做了些什么,不知道当时自己是在尖叫还是在哭泣,或是呆呆站着不动。也许每件事都发生得太快,他根本没法去留意，或者他在那一刻的记忆后来被抹除掉了，使他将来不会沉溺其中而无法自拔。也许，在这种时候，人的行动完全是由自己的手臂和腿的无意识动作来决定的，由那些从来没有被折射过、个人所不知道的情况下所做出的反应来决定的，这些反应一直在人们的肌肉和神经中默默而充分地做着准备，只要时机一到，就不经任何思考或犹豫而立即执行，因此事后无法被记住。到那时为止，迪内希已经看够了散落在道路两旁，或躺在棚屋和房屋废墟上的尸体，以及伤痕累累的身躯。他总是尽力不让它们来分散自己的注意力，而是让自己的目光锁定前方，一直往前走，到那时，他的眼睛和耳朵肯定已经非常清楚，在炮弹四处落下时，停留下来或走慢下来只能意味着死亡，没有时间停下来哀悼，也没有时间用什么合理的方式来处理尸体。他的身体至少已经意识到，无论你有什么疑虑，你只能把死者留在身后，有时甚至也不能去管受伤的人。

迪内希所能清楚记得的是，过了一段时间，也许是几分钟，也许是半个小时之后，当他拿起他们的两个袋子和其他人朝着同一个方向奔跑时，他突然意识到，在母亲躺在地上没有得到保护的时候，他带着袋子跑掉是不合适的。他两腿发软，在继续奔跑时开始感到身体奇怪地失重、暴露无遗，尤其是在胸部附近，仿佛他热乎乎、活生生的心脏已经从肋骨架下面被拿了出来，扔在身后，侥幸地留在遍地尘土、大风呼号、剧烈颤抖的大地上跳动。他越跑越慢，从小跑变成走，最后停下了脚步。他在乱哄哄的拥挤不堪的路中间站了一会儿，茫然无措，然后转身推开所有继续往前跑的人开始往回跑。母亲就躺在他模模糊糊觉得会在的地方，一个在土地上没有任何特点的巨大的黑影。他不必多看一眼就知道那是他的母亲，他不敢多看，从一个袋子里拿出一条纱丽迅速盖在母亲的尸体上，盖住所有的皮肉，每一根指头、每一个脚趾和每一缕头发。他小心翼翼地把那两个袋子放在僵硬的尸体两边，把纱丽的边缘塞在尸体下面以免被风吹走。他只从袋子里拿出他们剩下的钱，站起身来，没有回头看，又开始朝着人潮的方向跑去。他仍然感觉心口空空荡荡，但一想到母亲身边的袋子会保护她，并为她提供某种身份，就有点放心了。他知道那两个袋子很快就会被偷走，但一想到至少在一段时间内母亲不会孤单一人，他仍然觉得有点宽慰。

自那以后，迪内希唯一的财产就只是他在各地随手捡的、不忍见其被四处丢弃的小物件。一把写不出字的蓝色圆珠笔、一个不锈钢杯子、一把掉毛的黄色牙刷，任何其他逃难者丢失或遗弃而他认为需要其陪伴的东西。迪内希会把它们捡起来，在手上握一会儿，手指轻轻地、小心地在它们的表面上抚摩,就像一个盲人突然把一个自己不知道是什么的东西放在手中,过了几天之后,有时是偶然的,有时是故意的,再放弃它们。

他保存得最久的一个捡来的物件,是他走在两个小村庄之间一条荒无人烟的小路上时看到的。那时,他看到身前有个东西,一半埋在红色的泥巴里,露出来的部分也裹了一层泥,只有一小部分微微发光。他蹲下来,在泥土上抹了一下。那东西的表层很硬,所以他沾了一点唾液润湿拇指,用力抹擦它的表面。污泥开始变软,下面的黄色金属开始闪光。他把手移开,凝视着它,恭恭敬敬地用手指划着它周围的泥地,好像是在寻找线索,但他无法猜出那到底是什么,终于,他忍不住想要把它拔出来。泥巴稍微松动了一些,他一把拔了出来,露出一件像孩子拳头大小的铜制雕刻,大概有半公斤重,或许更重一些。看起来像门把手,但没有通常安在门上的塑料或铁把手那么长,圆圆的,倒更像是抽屉的木质把手。迪内希默默地盯着它看了一会儿,然后拿起来,站起身继续上路。他偶尔用口水润湿手指拭擦它的表面,一会儿放在左手,一会儿放在右手,那东西的重量很适合这样来回抛。在两个多星期中,无论他走到哪里都会带着它,抽不出手时就把它放进衬衫口袋里,闲下来的时候,有时是几个小时后,又惊奇地想起它，就像某个他忘掉了的朋友就在家里等着他一样。无论他是坐着还是躺下，都会把那个冰冷的重物压在脸部温热的皮肤上，把它轻轻地贴在疲惫的眼皮上，听着眼皮下的血管敲打黄铜的声音。他有时会把它捏在手里，好像想要在那难以穿透的表面上留下一道凹痕，每次都会对它的坚固性、对它看上去是那么坚固和耐用而感到惊讶。他越来越迷恋这个门把手，但是，出于对他可能会丢掉或被迫抛弃这个同伴的恐惧，他最终决定先采取措施，一次性，也是永久地与它告别。一天下午，他小心翼翼地把门把手包在一个塑料袋里，在一棵泥土特别松软的树旁挖了个坑，把它塞进坑里，让它舒舒服服地待在里面。他用土掩上坑，带着有点沮丧的心情继续他的行程。

现在想起那个门把手，感觉真是太奇怪了，它被安全地埋在地下的某个地方，而迪内希却完全是在一个不同地方的地面上。在过去的几个月里，他所走的路上不仅散落着门把手，而且还有其他各种各样的东西，他漫不经心地看看，看过后就放下。虽然他几乎记不得他是怎样来的，但他在身后留下了一条小径，如果他愿意的话，他可以一路追踪，走回母亲身边。似乎他在地球上的所有活动都有了踪迹，记录了他所去过的所有地方，甚至记录了他所做过的一切，不仅可以引导他从现在所在的地方返回母亲身边，还能引导他最终返回开始逃难时他家所在的那个村庄。也许他死后，那些痕迹仍然会留下，标出他一路走过的那条路，也许实际上，在回顾时，一切可能都会消失。也许迪内希所找到的每一件东西都是别人留下来的，那些人在他所到的各个地方之前就看到它们，人们和他一样眷顾过它们，也许，如果真是这样，它们就会被那些在他身后的人重新捡起来，最终在离他放下它们很远的地方再次放下，像一个贝壳，在一个接一个波浪的推动下，一步一步地朝着海岸推进。这很难说，但也许他所眷顾过的物品都已经散至各处，没有一条连贯的线可以把他引向母亲，引向他的家。也许他的足迹与那些在那之前和之后走过的人的足迹完全混在一起，不可能把他的足迹和其他人的区分开，因此，从某种意义上说，也无法把他和其他人区分开来。

身边传来一阵低沉的声音，迪内希直直地坐起来。甘加在床上轻微移动，转过身去，而不是面对那块岩石。她一手搭在胸前，另一只手向外伸着。迪内希一动不动地待了一会儿，担心自己发出来的声音会把她吵醒，但甘加依然保持着她的新睡姿。她还在熟睡，这使他感到满意，然后他让自己的身体也放松了一下。他不知道自己在黑暗中坐了多久。也许一小时，甚至更长的时间，他迷失在思绪中，身子不知不觉地随着甘加轻柔而有规律的呼吸节奏来回摇摆。他们一直都在彼此的身边,甘加侧着头,枕着土枕头躺着,迪内希坐在另一边,倾听着甘加胸部不断地一张一缩,空气像波浪一样进出她的身体而发出来的柔和、均匀的声音,迪内希已经忘记他正在倾听的是一个活人发出来的声音,也不仅仅是个活人发出来的声音,还是他妻子发出来的声音。他小心翼翼地趴在枕头上,凝视着甘加在阴影中的那张脸。她的嘴唇稍微张开,表情放松,白天所有的那种僵硬的表情消失了。她的嘴唇轻微抽动,喃喃说着让人听不出是什么的话,眼皮底下的奇怪影像似乎在颤抖和死亡。她似乎是在做梦,在某个完全属于她自己的内心世界中挣扎或下坠。迪内希不知道她的内心是个什么样的世界,不用说,他无法进入甘加的梦境,然而,有一个可以让甘加保持平静的地方,这种事实仍然使他心生一种奇怪的敬畏感。

很难猜甘加现在对这门婚事有什么感觉,她是不是还有所保留,或者因为她已经在迪内希身边待过一段时间了,她的感情是不是已经变了。甘加在做晚饭时还不愿离开她父亲的帐篷,这是真的,但是他们吃完饭以后她已经有所改变,似乎不再为要来这块空地而烦恼了。她脸上的焦虑已经消失,与早期难以捉摸的神情相反,她的容貌似乎更柔顺、不那么严厉,似乎在此期间她已经在某种程度上倾向于接受这门婚事。虽然这门婚事是永久性而不是暂时性的,但她表示,他们不仅要拿走她父亲托付给他们的米色袋子,而且要带走所有炊具、所有装着大米和木豆的袋子。她甚至把已经铺在她家帐篷里的防水帆布折叠起来,只留下了放在上面的纱丽,可能只有这样,他们离开后才不会有人认为帐篷已经被丢弃了。他们收拾好所有的东西后,甘加拿着锅、盘子、食物和勺子,迪内希拿起袋子和卷起的防水帆布,甘加示意迪内希带她来这块空地,好像很明白地表示,正是因为迪内希,所以她才会离开。迪内希带着甘加尽可能小心谨慎地默默走过营地。他们以相同的速度走着,无意识地挪动脚步,从地面迈起他们的脚,同时向前走,节奏相同,两人中不需要哪个人放慢脚步等另一人,也不需要加快脚步去追另一人。走到这块空地后,他们悄悄放下东西,小心不去扰乱这个地方的安宁气氛。甘加拿起那块防水帆布,瞥了迪内希一眼,似乎是要得到他的允许,也好像不是,然后把防水帆布铺在岩石前面那块潮湿的地面上。她从米色袋子的上层取出了一条她的或是她母亲的纱丽,因为床有点小,她把纱丽折叠成两层,在空中上下抖着,然后像真正的床单那样把它铺在防水帆布上。她把纱丽上的折痕和褶皱都抹平了,把它平展展地铺在防水帆布上,用手拍了几下,确信它既柔软又干燥。她把拖鞋整齐地放在床边,轻轻打了个哈欠,面对着岩石躺了下来。迪内希希望甘加打哈欠是在告诉他,他们可以一起躺着,而不只是坐着,他希望甘加不是因为累了才想休息一下。但是,就在他思考要怎样处理这种局面时,甘加已经把身子缩成了一团,接着他就听到了甘加沉睡时柔和而有规律的呼吸声。也许她只是累了。也许甘加仍然对父亲的失踪感到不安,她只是想躺下来,自己去考虑这件事。很难确切地知道是怎么回事,但是迪内希知道,在任何情况下他都不应该探究太多。既然甘加已经睡着了,迪内希就有机会不受妨碍地观察她的外貌,那样也许能更清楚地了解她对这门婚事的感受,而不是从她所说的话或所做的事来了解。迪内希从他背靠着的岩石那个位置站起来,尽可能不弄出声响,俯身倾向自己的脚踝。他以半蹲的姿势沿着床的鹅卵石边缘向侧面挪动,身后的蕨类植物轻轻挠着他的背。他挪到甘加的头和脚之间的地方。他稍停了一会儿,以免他的动作惊醒她,然后再往后靠,想要一眼就能把她全身看得清清楚楚。甘加个子很高,但是,当她在保护迪内希家的大石头前舒展身躯,闭着眼睛,脸上现出什么都不知道的表情时,她看上去纤小而脆弱。那件静静地盖在她身上的衣服在蓝黑的光线下暗淡地闪烁着,衣服下面的胸部和凹陷的腰部的起起伏伏,似乎是某种抗议,像是对世界的一种轻微却是确切无疑的蔑视。迪内希双手撑在地上，一点点地朝着她那双小小的拱起来的脚挪过去。她的双脚，特别是左脚上的小指头一直一伸一缩，似乎正在梦中的某个地方奔跑，或者赤脚站在某个地方，双脚想要在地面上站稳。在她的这些短促的运动中，从脚趾上延伸过来的肌腱变得明显，然后又消失了，但包在它们周围的细细的血管仍然清晰可见，延伸到脚上，再到关节清晰的脚踝，直到腿部才看不见。甘加睡觉时衣服撩起一点，一小部分皮肤没有被遮盖，充满活力地闪现无声的光泽。迪内希低下头靠近她那裸露的皮肤，然后把目光转向了皮肤周围的地方，似乎想要看出皮肤上的光泽是光和角度的产物，还是皮肤中与生俱来的东西。迪内希的头低低俯在她的身躯上方，鼻子闻着她的衣服上有点刺鼻的味道，然后目光向上移动到甘加的两腿之间，在她的腹股沟上停留一会儿，再移到她那随着呼吸而一起一伏的腰部。每看到她的腹部下陷时迪内希都会有一种冲动，想把自己的头放在那个陷下去的空洞里，似乎在落入她的腰部下沉的地方时，他会跌入另一个世界，尽管他显然不敢去尝试。迪内希不想吵醒甘加，不是因为她会睁开眼睛，会看到他不适当地离得太近，而是因为他不想打扰一个如此安逸的生命形式的微妙存在。他似乎不大相信自己可以离甘加的身体那么近而不去触碰一下,他抬起头,想从稍远的距离注视她。

在床的另一边,甘加的右手搭在腰边。她那纤细的手指部分曲着,似乎不知道是要继续抓着什么东西还是要放手。迪内希把脸贴近这只手的上方,好像要用鼻子去挪它,却并没有实际碰到它,他又继续观察甘加身体的其他部位。他缓慢而耐心地从柔嫩的小指尖看到纤细的手腕,沿着那条细长而一动不动的手臂看到长外衣的袖子,从肩膀看到领口,看到锁骨和露出来的脖子。她那条黄绳子系着的金链牌旁边是一条血管,沿着脖子的一侧活生生地延伸上去,然后消失在下巴之下。这条血管就像数千条其他血管一样隐藏在她的皮肤深处,从她的心脏延伸到体内的其他部位,然后又返回心脏,这条血管也一定对甘加躯体上的某些特定部位,甚至也许是对她的脸负有维持生命的职责。像她的手指和脚趾一样,她的脸仍然不时被嘴唇、眼睑和眉毛中的细微运动所干扰,也许这条特别的血管对这条生命负有责任。看着这些抽动,迪内希又一次感觉到一种冲动,他想要抚摸甘加,不一定要压在她身上,让自己倒在上边,而只是想用指尖抚摸她的脸。迪内希想抚摸甘加的下巴,抚摸她的眉毛,或把头靠在她头上,让两人的太阳穴轻轻碰触,让他能感受到甘加皮肤下面的血脉的微弱颤动,听到那柔和的节奏,可能就会进入她的梦中。当然,也许甘加的皮肤摸起来会与迪内希所希望的感受不同,也许像木棍或树枝一样粗糙,毫无生气,或者像鹅卵石一样冰凉,像石头一样粗糙,但他愿意冒这个险,想知道她的皮肤摸起来到底是什么样的感觉,是不是像它发出来的光泽那样温暖,抑或是冰凉,想知道他能不能感受到隐藏于皮肤下面的任何生命迹象。他屏声静气,把脸往下挪,更贴近甘加了,虽然没有直接碰上,但也几乎快要接触到了。因此,迪内希现在可以闻到甘加那微微发汗的润湿的皮肤的气味,在他自己的眼皮上感觉到通过她那美丽的鼻孔呼出的暖气流和吸进去的冷气流的轻微推力和压力。他不仅会抚摸她,而且,如果可以的话,他也会把她抱在怀里,紧紧地和她拥抱在一起,让两个人一起在彼此的怀里压垮对方。但是,甘加是个活人,他知道,她是完整的,就像其他生命一样,她是一件脆弱的东西,即使是最轻的触碰也会伤害她。

微风吹拂树木,树叶轻轻摇曳,然后一切回归平静。迪内希身子往后倾。甘加不经意地挪动一下,接着继续沉睡,迪内希的短暂接近的影响显然轻易地被她梦中的某些方面所吸收了。从某种意义上说,她能睡着是件好事。这说明她在这个空地上有安全感和舒适感,至少在某种程度上觉得它很适合。事实上,看着她,看着她安详地睡着,看着她带来的所有东西，看着整整齐齐铺在床上的防水帆布和纱丽，看着放在稍远的床边、装着她所有财产的米色袋子，看着床边随意放置的做饭用具，迪内希很难不对自己的这个家产生一点自豪感。所有这些新的东西在某种程度上使这片空地感觉比以前更具体、更充实，似乎它作为一个家的价值在客观上被这些新东西的和谐程度，以及它们在新地方看上去是那么自然所证实。迪内希看着甘加，确定她是不是还在酣睡，然后轻手轻脚地从床边挪到那个袋子的位置，一动不动地盯着它看了一会儿。尽管历经漫长的旅程和艰苦的条件，那坚韧的帆布使它仍然十分坚固。接缝处的线仍然把它的两侧紧密相连，拉链仍然拉得紧紧的，把里面的东西密不透风地完全密封起来。毫无疑问，这个袋子自从撤离的第一天就被打开和合上过很多次，装在里面的东西也随着旅途情况的变化而有了很大的不同，但是，迪内希认为，现在仍装在里面的每一件东西，肯定仍然属于甘加在战争开始时，第一次逃难之前所生活过的世界。如果他能把袋子打开，就有机会以某种方式窥视这个对他来说难以接近，而且有可能甘加自己现在也难以接近的世界，如果这样做，他也许能够更好地了解甘加是个什么样的人。正是抱着这种希望，早些时候，他在帐篷里，用手仔细地研究了袋子的表面，但现在他们独自在一起，甘加睡着了，他可以有机会一个接一个耐心地查看袋子里的每一件东西，并试图了解它们。打开袋子，看看里面的东西，当然全然不同于仅仅抚摸它的表面。现在，甘加所生活过的那个世界已经没有任何痕迹了。打开这个袋子他就有可能找回这些残迹，就像从一本污秽的相册中取出旧相片，这样就可以更清楚地看看它，只要马上把它打开就可以了。迪内希又看了甘加一眼，她仍然在他身后平静地睡着。也许他打开袋子时只会看到放在上面的东西，却看不到放在下面的，或不能从里面拿出什么。他犹豫了一下，小心翼翼地不弄出声音，拉开了袋子的拉链。他把袋子的两边拉得很开，俯身靠近袋子，这样他就可以在黑暗中看清楚了。

袋子的上层是一些叠得整整齐齐的衣服，主要是纱丽，以及迪内希无法看出布料的其他衣服和衬衫。夹在一边的是甘加的父亲在婚礼中使用的吉祥天女的画，旁边是那两个纸板文件夹，当时甘加的父亲为了拿出底下的东西把它们拿了出来。迪内希没有抽出文件夹，只是把它们掰开一条缝看看究竟是什么东西。里面主要是文件、信件和信封，因为边缘不知道在什么时候被弄湿过，显得皱巴巴的，在黑暗中看不出上面的字。文件夹对面是几个整齐的系着口的塑料袋，他怕弄出声响而不敢打开。袋子的远端，没有放衣服的地方是两个水瓶，在他们离开之前甘加已经装满水并整齐地放在里面，放在最下面的是两包大米和木豆。迪内希小心翼翼地翻着袋子中间的几件衣服，然后把它们放回到原来的位置。他没有把衣服拉出来，所以看不到衣服下面的东西，实际上他并不想把手再伸进袋子更里面。他觉得，要探到袋子的最底下，而不只是看最上面，得翻开放在上面的所有东西，那就好像为了研究甘加的想法，他得在她的后脑勺切开一个口子，剥开表层的灰色物质，然后才能看得到中心。不必急着要找出里面是什么，因为他很快就能看到里面的每一件东西了。

迪内希悄无声息地把打开的袋子拉链拉上，坐了一会儿。他看着那个密封的袋子，好像是为了确保它看上去就像完全没有被碰过一样，没有发生任何持久的变化。他正要起身挪回他的位置时，注意到袋子的外侧还有一个口袋。他可以从那口袋凸出来的样子看出里面装着一些东西，虽然它是一个侧面的口袋，里面不会装什么值钱的东西，不需要担心被弄脏。他迅速向后看了一眼，确定甘加还在沉睡，然后倾身向前拉开侧袋的拉链。他把手伸进里面，摸了摸四周。他找到的第一件东西，从它的圆角和光滑的抛光表面就可以知道，是一块只用过几次的肥皂。在黑暗中很难辨别它是什么颜色，是淡粉色或是黄色，但当他把肥皂拿到鼻子下闻时，就闻出了早些时候他蹲在甘加面前把金链牌系在她脖子上时，飘散在皮肤上带甜味的酸橙味道。他把肥皂放在自己的衬衫口袋里，又把手伸进袋子的侧袋。他的手指碰到的另一件东西是一条长方形的塑料条，上面是一排均匀排列的齿，似乎是一把梳子。他再次把手伸进口袋，找出剩下的东西——一把牙刷、几支牙膏和一把有点生锈的剪刀——然后又把它们放回口袋里，拉上拉链，一时因为找到肥皂和梳子而心满意足。

迪内希小心翼翼地挪回土枕头的对面，靠在岩石上坐了下来。他保持安静了一会儿，甘加继续在他身边发出轻柔的呼吸声，完全没有受到他的干扰。他从衬衫口袋里拿出梳子看了一会儿，然后用指尖在梳子那排齿上刮擦着，听着它们回弹时发出的悦耳声音。刮第一次时很慢，然后加快几倍速度，他用手臂把梳子夹住。塑料齿的尖端透过他身体上积聚的泥土和死皮尖锐地触到他的皮肤，使他的脖子和背部清爽地颤抖起来，每个齿都同时在他的手臂上划出一条清晰的痕迹。他把梳子放在腿上，沿着小腿的一侧划过去，梳起腿上长长的卷曲的腿毛，让它们舒服起来，感觉到皮肤上几乎没有皮刺了。他一直这样梳了一会儿，第一次梳左腿，接着是右腿，然后意识到手上拿着的梳子和他在营地看到甘加用过的梳子是一样的，它本来是应当用来梳他的头发，而不是梳他胳膊上和腿上的毛的，于是他举起梳子，把它插进长时间没有洗过、剪过的头发里，想用梳子在整个头上梳过去。他从几个不同的起点重复梳着，然而，虽然梳子的齿轻轻地梳进头皮，使他痒得痛快，但他的头发有太多粘在一起的结缠，很不好梳。他的头发上有凝结成浓稠块状的油脂，他刮擦自己的头时，头皮屑粘在一起，梳子根本就梳不过去。

迪内希把梳子拿下来放到眼前，在黑暗中凝视着它。他用指尖划过那排齿，在它们回弹时听着回弹的声音。他突然冒出了洗澡的冲动。他已经很久没有洗过澡了，用甘加的肥皂，他现在可以彻底把自己洗干净，不仅洗脸，还要洗头发、洗身体。在过去的几个月里，他所做的不过是不时在脸上泼一点水，而所泼的那么一点水和他有时淋一下的雨水都没法使他保持干净。他的皮肤上形成了一层厚实的盐渍、灰尘和油脂，粘住了他的四肢，妨碍了他充分的行动自由。他的脸僵硬成了面具，无法表达感情，他的脚底都是污泥，厚得几乎没有任何感觉，甚至连他年轻时曾经非常怕痒的脚窝也没有了感觉。如果他现在去洗澡，可以花时间洗掉外皮上所有这些没有生命的一层层污垢，可以使自己的身躯变得轻盈而轻松自如，使皮肤恢复到以前的敏感状态。还有一个机会，就是把自己洗得干干净净之后，他可以使自己更容易被甘加接受，使她不再对他们的婚姻抱一种矛盾的心理。甘加因其他原因而没法与他亲近，她仍然受到母亲和兄弟的死以及遭到父亲遗弃的影响，但是如果迪内希洗得很干净，身上没有臭味，她就会以不同的眼光看他，认为嫁了一个值得嫁的人，不会因为嫁了他而感到羞愧。迪内希知道有一口井，除了可以在那里洗澡，还能洗他的沙笼和衬衫，刮除血块和污垢，这样他也就可以穿上干净的衣服。如果他很干净，穿着干净的衣服，也许甘加会把他看作一个有责任感的人，一个值得她信赖的人。如果他好好清洗自己，并充分地使用那块肥皂，也许甘加也会更容易接近他，更愿意让他躺在身边，甚至可能愿意让他抱着。尽管对他来说，考虑这些事是荒谬的，因为以甘加目前的状态看，她可能不会感受到这类事，但是如果迪内希洗个澡，也许至少她会认为他很帅气。

当然，在晚上离开这块空地会有某种危险。他可能会被猛虎组织的骨干分子看到，因为他会比在白天显眼得多，特别是因为其他逃难者不会在这时起床四处逛荡。走到井边，再从井边走回来需要一段时间，而且还有一个危险，他离开这块空地时炮击可能会开始。通常营地都是在黑暗降临的时候遭到炮击，晚饭时或晚饭结束后，或在第二天凌晨。炮击很有可能要再过几小时才会再开始，如果他现在离开一会儿，并不会对甘加造成任何伤害，当然这也没法保证，因为炮弹会在什么时候什么地方落下，只取决于军队里那些当官的人的心情。即使没有炮击，甘加也有可能自己醒过来。如果是她自己醒来，她会发现迪内希不在，就会害怕或担心，甚至可能感到被背叛或被抛弃。迪内希瞥了一眼甘加，她似乎还睡得很香。如果迪内希的动作快一点，他可以在不到四十五分钟以内就回来，最多一小时。他早些时候吃的米饭和木豆已经开始消化，他感到精力充沛，做任何事都没问题。他一离开空地就会去井边，他感觉到自己似乎已经站在那里了，冰冷的淡水泼在他那疲惫而肮脏的身躯上。在这段时间内，他在床边围起来的鹅卵石边界会保证这地方的安全，甘加还在里面时不会有任何危险的东西进入这个范围。

迪内希站起来，走到那个米色袋子边，把梳子放回侧袋里。他一时心血来潮，把剪刀拿了出来，如果他想剪头发，就用得上剪刀。他挺直身子迈开大大的几步，跳过蕨类植物和灌木丛，走到空地的边缘，然后停了下来再看甘加一眼。甘加仍然躺在床上，伸出双臂，脸上平静，毫无知觉。迪内希感到，以一种奇怪的方式离开然后再回来，这种感觉很好，回来后甘加还会安安静静地躺在那里，在岩石旁边缓缓地呼吸。迪内希会像过去放学或工作结束后回到家一样，注意到房子周围的一些微小而不明显的变化，比如桌子上放了一封信，窗户已经打开或关上，湿衣服挂在晾衣绳上，不知为何，这些迹象使他感到放心，让他感觉生活是一种更宏大的东西的一部分，它自身充满能量有自发的冲动而去做某些事。同样，在他洗澡后回到空地时，如果看到甘加在他不在的情况下仍然待在那儿，在他不在时她小小的胸部继续一张一缩，她皮肤下纤细的血管仍在继续优雅地跳动着，这会让他感到心满意足。这些想法使他感到欣慰，他转过身，穿过了树林。

# 五

虽然迪内希看不清眼前的地面,但他一开始就迅速穿过了树冠下的黑暗。坐了这么久之后,充满活力地使用自己的腿,那种感觉真好。他感受到脚上的压力和小腿的紧张,每跑一步都会抬起整个身体的重量。他自信地毫不犹豫地沿着他走习惯了的路往前走。树林越来越稀,身边渐渐有了光,他放慢了脚步,倒不是因为他累了,而是因为他对在穿过营地的路上会发生什么事有一种强烈的不安。他的动作越来越谨慎,在树林边停下脚步。半轮明月皓亮,几缕半透明的云朵从那轮半月下飘过,月光透过云朵发出似乎完全没有光源的柔和的光。在广阔的营地上,他眼前的每一顶帐篷都在吸收和折射蓝色的月光,就像夜间聚集在一起的幽灵,无处可隐。远处传来隆隆的枪炮声,但营地本身却包裹在寂静之中,仿佛北边、西边、南边不歇的激烈战火是一条毯子,紧紧地把营地裹在里面,而不像是在一天之内可以多次毫无预兆地随意进入,并把营地摧毁的东西。

迪内希小心翼翼地不去打扰那种弥漫营地的寂静,开始悄悄地穿过营地的外围地带。大多数逃难的人都待在自己的帐篷里,与他们的家人和行李物件在一起,但有些人睡在开阔的天空下,睡在地面上,睡在裸露的战壕里,单独一人或四五成群。迪内希走过营地人口较多的地方时观察着他们,在一个其他人都睡着的地方,只他一人醒着,他感觉自己仿佛神圣不可侵犯,慢慢地有点飘飘然。他可以从人们皱起的眉头和卷曲的嘴唇,从人们脸上那种拼命想躲避这个世界的表情,分辨出那些刚睡着的人。他们的肌肉绷得紧紧的,身体蜷缩成团,眼睛闭得紧紧的,像要阻止外面的任何东西进入,为进入或维持一种下一次炮击会使之成为不可能的睡眠状态而斗争,和迪内希之前经历的情况一样。很久以前,如果迪内希第二天早上得比平常早点醒来,他便不愿意睁开眼睛,固执地假装仍在睡觉,尽管他非常清楚地知道,很快他就得起来重新加入这个世界。相比之下,睡眠时间较长的人会让身体放松,嘴唇下垂。他们脸色平静,不慌不忙,没有任何迹象显示出要为抵挡这个世界而斗争。大多数人都用自己的行李当枕头,或者像泰迪熊那样用胳膊和腿绕着行李,但不再像其他人一样抓住行李,甚至抱着行李。他们几乎不再关注眼前的世界,仿佛他们的目光或多或少地转向了内心,远离了他们的眼睛、耳朵和手脚。他们中的大多数人都在做梦,嘴角在抽搐,眼睑像甘加的眼睑一样在空地上发光,手指和脚趾卷曲舒张,悬浮在一个充斥变幻的事物和模糊不清的感觉的不确定领域,他们只有部分仍然在这个世界的范围之内,大部分已不在了,其中有一些似乎已经设法脱离。他们张开嘴,伸开双臂张开双腿,胸部的起伏非常轻微,很难说清他们是否还在呼吸,有一小部分但人数却越来越多的人完全不再做梦了,似乎迷失在更深更永恒的睡眠中了。这些沉睡的人似乎已经完全脱离了这个世界,不仅与其中的物体脱离,而且与在日常生活中感知这些物体的形式脱离,似乎他们不加防护地把自己的躯体放在营地里,自己却去了别的地方,同时相信自己是安全的,尽管事实上任何时候都可能从天上掉下金属碎片。

尤其是这些迷失在这种更深更充实的睡眠中的人,迪内希完全不想打扰他们。他小心翼翼地走着,避免太靠近他们的头部,他看着他们平静而无知无觉的脸,从他们身边走过时,他有意放慢速度,小心翼翼抬起脚,再慢慢落地,小腿绷紧,负起躯体的重量,然后把重量转移给另一只脚。他没有弄出会把他们吵醒的声音,他怕打扰周围让他们安宁睡觉的寂静,就像进入一个空荡荡的寺庙时,人们小心地不发出最轻微的声音,似乎从某种意义上来说,神所要求的寂静和其他人在睡眠时所要求的寂静没有真正的区别。就像完全放弃了外面的世界一样,这些沉睡者现在暴露在某种特殊的东西面前,暴露在某种已经出现或隐藏在他们内心的难以捉摸的美丽的东西面前,完全被困住了,就像一个人凝视着一段时间没有被用过的水井,里面微澜不起,甚至连水面上最轻微的涟漪也没有,人们可以往下看到在它长期被使用过程中一直没有被注意到的那些东西。看的人没法走开,越靠越近,如果有一只昆虫轻轻掠过水面,就足以唤起内心深处的注意力,使他眨眨眼睛,然后转身飘然而去。迪内希担心,即使他最轻微的举动,也会使那些沉睡中的人失去他们所找到的东西。

走过所有人都在睡觉的营地时,迪内希内心迷茫,也许在过去的几个月中,他没有迫使自己好好睡觉是件错事,不仅仅是因为他早已疲惫不堪,还因为,也许在醒着的情况下,他错过了再也没有机会享受的东西。很多年来他一直在努力避免睡觉,把睡觉看成对生活中心目标的一种干扰,这是一个他永远无法确定的目标,但他却无比渴望地等待着这个目标,希望它能在夜空中以某种方式展现在他眼前。即使他累了,而且必须早起,他也会熬夜,似乎熬夜是为了让自己有一些期待已久的经历,如果他睡着了,生活就不会给他带来什么好处了。也许这种态度是错误的,也许他在过去应该更心甘情愿去睡,也许他应该更敏感地了解睡眠能为他提供些什么,它现在为每个人提供了什么。当你睡着的时候,你总是讨厌干扰,当你睡着的时候,你总是很愿意你的余生就在这种状态中度过。但即使是现在,他也不愿意上床睡觉,好像在保持清醒时会发生什么事来证明保持清醒和挣扎这么长时间是有道理的,虽然现在不能得到什么回报。现在醒着又能有什么好处呢?迪内希一直想要洗澡,好让甘加接受他,但即使洗澡有助于让甘加接受他,也得等到甘加醒来以后才会注意到,他不妨现在先睡一觉,早上再去洗澡,至少这样他可以让甘加知道,他不会让甘加自己孤零零地待着。如果他愿意,他当然还可以回去,甘加还会静静地躺在空地上,也许现在还在酣睡。他可以回到甘加身边,静静地睡着,可以蜷缩身体,双手枕在头下,一点点地进入那种深不可测的无知无觉的状态。他知道,如果他回去躺在甘加身边,他就会睡着,但他现在已经快走到井边了。清洗自己的身子很好,如果他干干净净的,就会睡得更好。他想,至少现在,他得保持清醒。

他想去洗澡的那口井就在充当临时诊所的学校建筑后面，在一个小小的院子里，南边和西边的一片丛林围绕着它。迪内希在接近这地方时绕了很长一段路，这样就可以不必走过被安置在诊所前面的防水帆布上那几十个伤员的身边。那些人瘦骨嶙峋，伤痕累累，身侧都只有一小片血迹斑斑的地面让他们彼此分隔，只要有可能，迪内希就不想靠近他们。尽管如此，他还是不得不把许多无人认领的尸体运到诊所的东南面。迪内希越靠近他们，就越担心踩到某个死去的人。他每走一步都小心谨慎，只让脚尖触及地面，所以或多或少是踮着脚走的。如果他踩到什么软绵绵但似乎是人的躯体的东西，他马上就会停下来，浑身僵硬，然后用拖鞋边缘大胆地把这个东西顶一下，看看它是否只是一个正常的自然的东西，一段巨大的植物或是一根埋在一大堆树叶底下的树枝。他在整个战争过程中真的已经习惯了没有生命的躯体和身体部位，长久以来这些东西早就不再困扰他了，困扰他的倒是近距离靠近在营地睡觉的人，以及近距离靠近甘加那具在空地上安静而纤弱地活着的躯体。现在迪内希就在这些睡着的人身边，这让他觉得十分不安。营地里还有其他水泵和水井，他都可以用，但问题是没有任何隐私可言。在其他水井或水泵洗澡意味着要把自己暴露在所有逃难者面前，也有可能暴露在猛虎组织的巡逻队面前。另外，出于某种原因，那些骨干分子都不愿意靠近诊所里的那口水井，其本身完全被学校后面的建筑、灌木丛和树木环绕起来。没有一个受伤的人被安置在那口水井附近，通常去过那里的人多是护士或志愿者，他们拿桶去那里打水清洁伤口、洗手和洗器具，打水给伤员喝，那些伤员，特别是那些肚子四周被击中的人总是渴得要命，拼命喝水。他们中的某个可能现在就在井边，但现在已经快午夜了，在那短暂的三四个小时间隔时间中，营地里几乎所有人都想睡觉，诊所里的人也一样，因此很可能没人在那里。

迪内希轻手轻脚地穿过工作人员房间外墙和树木之间的狭窄小路，任由树叶在黑暗中拂过他的脸。他走到房子的角落静静地站着，仔细观察学校的后院。从后院的中间可以看到这口水井厚厚的圆形井壁，井壁有三四英尺高，井台周围只有裸露的泥土，几撮点缀在四周的草单调地反射着月光。这地方位于两幢学校建筑的后墙和树林之间，似乎安静平和得让人吃惊。除了水井旁边的水桶和放在地上的两副用木棍和纱笼布临时拼起来的担架，没有其他迹象表明有人来过这里。迪内希在角落躲了一两分钟，确信周围没有人后才开始穿过开阔的院子，走向院子角落的水井边。他蹑手蹑脚,对自己的心跳都感到害怕,似乎保持静默就可以不让人看到他醒目的动作。他踩上略微升高的水泥井台,在井壁边站着不动,仿佛要让任何看到他的人都认为那只是一个无生命的物体。他轻手轻脚地脱掉拖鞋,弯下腰盘腿而坐,背靠在光滑的水泥井壁上。他面前不远处有一丛灌木,再长高几英尺就会与树木缠结在一起,无法区分彼此。身后学校的那两幢建筑围着他,前面和两侧的丛林环绕着他,他觉得他四周都被包围封闭起来,有了适当的保护。没人会看到他,除非他们直接走到井边,如果他没有发出什么声响,也没有人会想到要去井边看看。他觉得他完全是独自一人,四周封闭,虽然并不会一直这样,但至少此刻他是脆弱的独自一人。

迪内希从衬衫口袋里拿出肥皂、剪刀、一份走过营地时从地上捡来的旧报纸。他在面前的水泥井台上摊开一张报纸,把肥皂放在报纸中间压住。他右手拿着剪刀,左手从头顶抓起一把长长的头发。他犹豫了一会儿,仿佛即将做一件意义重大的事,然后一下子把头发剪了下来。他从头顶剪下更多的头发,然后开始剪后脑勺的,接着又剪前面的。剪下来的每一束头发都被小心地放在报纸上。剪刀的刀面有点生锈,他的拇指没法在较小的剪刀把里舒适地张开。不过,他的头发已经凝固成油腻腻的一缕一缕,剪头发这事本身倒是很容易。因为一直要抬起两条胳膊，迪内希的肩膀开始发痛，但他仍继续耐心地沿着头的两边剪，小心地绕着两只耳朵，然后又绕着后脑勺，一直向下到脖子。他就这样一直剪，直到头发都差不多一样长，不到一英寸的样子，才放下剪刀，让双臂垂到身体两侧。他面前的报纸上堆着像一只巨大生物那么大堆的黑色头发，多得完全可以盖住秃顶的人的头皮。很难相信他的头在这么长的时间里顶着这么多东西，尽管体积很大，但他几乎无法感觉到它们的重量。他拿走肥皂，把报纸边缘的所有单束和成堆的头发都扫到中间。他把这堆东西堆起来，往前倾身，把鼻子伸到上面。他深深地吸了一口气，仿佛通过气味就可以收集他从身上所除去的东西的意义，收集他所剪下来的东西在生长的那一段时间里所发生的一切。但是，无论他怎样用力吸，他并没有闻出头发有什么味道。

迪内希往后靠在井壁上，静静地坐了一会儿。他看了看大拇指，因为刚才握着剪刀，现在还疼，他第一次注意到自己指甲的状况。在逃难的大部分时间里他都会啃指甲，那更多的只是给自己找点什么事做而已，而不是为了保持体面，但是，虽然啃指甲减缓了指甲的生长速度，却没能完全阻止它们生长。手指甲已经长了近半英寸长，几个脚指甲也差不多那么长。指甲下面是一层厚厚的黑褐色污垢。

他试着用另一只手的拇指去刮左脚指甲下的污垢，但是污垢太厚了，没法刮下来。他又拿起剪刀，左手的食指贴近脸，想要剪断指甲。他小心地用剪刀慢慢沿着指尖的曲线剪下去，这样，剪断的指甲马上就会完整地掉落下来，不会弹出去。他把剪下来的指甲放在报纸的一个角落，然后开始剪下一个。他记得，十来岁的时候父亲曾经狠狠揍过他，因为他在天黑以后剪指甲。在那之前他也那么干过一次，父亲告诉他，天黑后不能剪指甲，如果过了六点钟，就应该等到第二天早上再剪。但第一次，父亲似乎并没有那么生气，也许是因为当时他还没有真的开始剪。到了第二次，他被逼着跪在地上找齐剪下来的二十块指甲。全部找到之后，父亲把那些指甲拿到他家后面的荒地里，尽力把它们远远地扔到灌木丛中。他不知道为什么会有这条规矩，是出于什么理由，但自那之后，他就再也没在天黑之后剪过指甲。从那以后，每次急着要剪指甲时，他的第一本能就是先看看时间，甚至在被打两年之后父亲去世，再到今天以前，他也一直这样。然而今天，他开始剪时才想起这条规矩，似乎他对父亲已经没有多少记忆了，甚至连父亲最强硬的禁令也不会再影响他了。当然，如果现在停下来还不算太晚，因为他连左手的指甲都还没有剪完。可迪内希觉得，既然已经开始了，停下来不剪并没有什么意义，因为他已经打破这条规矩了。即使他能像父亲那样以适当的方式处理指甲以避免什么后果，他也不确定该怎么做，是否该把它们拿走扔掉，把它们放在别人看不到或踩不到的地方是否就那么重要，还是说只要不把指甲留在自己家里就可以了。无论如何，他都不确定他是不是想摆脱他的指甲，如果他把指甲和头发仔细包起来扔掉，是否会带来令人满意的结果。也许在天黑后不准剪指甲的禁令只到午夜为止。午夜过后新的一天就开始了，从某种意义上说，实际上现在已经是早晨了，因此他并没有违反这条规矩。

迪内希剪完左手的指甲后又开始剪右手的，从大拇指剪到小指头，然后松开盘坐着的双腿，开始剪更厚更硬的脚指甲，先剪右脚，然后剪左脚。所有的手指甲和脚指甲都剪完后，他把它们从报纸上捡起来，放到手心里，然后放到鼻子下，吸进让人感觉亲密而略带恶心的味道。它们不像他无味的头发，指甲上积累的尘垢，来自他过去几个月里走过所有不同的地方和保存过的所有不同的东西，生动地叙述了他近期的一段时光。迪内希几次深深地闻着指甲，把它们所蕴含的一切都吸了进去，记住了它们的气味，然后把那堆头发从报纸上略略掀开，把指甲放在里面，让它们藏在头发下面。他用一只手按住那堆头发，用另一只手慢慢把报纸的一角折起来,按到那堆头发上,再把对角折上去,接着折另外两个角,把报纸折成一个小纸包。他把四边都压得紧紧的,使纸包不会松开,看上去就像信徒在某个大庙里烧的香火,要把香灰包起来带回家。最后,他小心地把纸包放在面前的地上。他呆呆地盯着这一包没有生命的身体物质,看到所有这一切都被整整齐齐地包起来,他觉得有了某种活力,似乎剪掉头发和指甲使他摆脱了某种负担,加强了他活着的感觉。

经历这精力充沛的一瞬后,第一波突如其来的疲倦像意外涌来的巨浪席卷了迪内希,几乎把他淹没了。他感到眼皮沉重,脑袋轻飘飘的。他似乎因为剪了头发和指甲而摆脱了在这个世界的束缚,觉得自己随时都会睡过去。他知道,如果他一直坐在那里,他可能就会不由自主地这样睡着,但他知道甘加自己一人留在那块空地,他不能冒险。他咬着牙关站起来。突然的向上运动使他感到更加头昏眼花,他紧紧抓住井壁,让自己恢复平衡。钢桶里还有一些水,水桶的绳子摊在井台上,他用手捧起里面的水擦着脸。水使他那灼热的眼睛感觉很舒服,有点神清气爽。他倚在井壁上,低头看着井里的水。水井很宽,直径大于两米,而且很深,月光无法照到井底,只能通过井底周围井壁上的水渍所发出来的幽暗的光才能感知到井底的水。迪内希可以从这个光滑的不间断的表面感觉到井水所蕴含的强大的沉默和寂静。他一边瞧着井底的水,一边摸索着身边的钢桶。他不愿意打扰水面的宁静,尽管如此,他还是慢慢把水桶放了下去,小心翼翼地不让水桶碰到井壁。绳子慢慢地从他的两只手中往下溜,他左右手交替,越放越深,钢桶终于落到井底,桶底和水相碰触的声音回荡上来。他猛地荡了一下绳子,水桶在水里往一边倾斜。等到桶里的水满了之后,他用力地把桶从井里往上拉,拉到井口,放到身边的水泥井台上。他本来想脱掉衣服,先把衣服洗干净,而不是穿着衣服洗澡,把衣服弄湿。只有洗澡和洗衣服分开,他才能在衣服上抹肥皂,让衣服泡在肥皂水里,这样才能把衣服洗干净。但是他不确定究竟是要先洗衬衫还是先洗纱笼,或者简单一点,两件一起洗。他因全身赤裸感到不安,也许他可以先只洗衬衫,在觉得更舒服时再洗纱笼。他可以洗完衣服以后再洗澡,在他待在这里一段时间,确信不会有人突然进来看到他后,他就可以洗澡了。

  迪内希慢慢地蹲下,开始解开衬衫的纽扣。从衣领开始,接着往下解其他纽扣,然后把衣服从后背脱下来,浸在水桶里面。刚开始时桶里的水依然清澈,但当衬衫被浸湿浸透,沉在水中时,便开始出现黏稠的悬浮液了。迪内希揉搓着棉布,用大拇指和食指捏弄着,把在棉布里积存的每一样东西都搓掉,所有干掉了的汗水、灰尘和血都在水里溶解了。桶里还有很大的空间,现在他不那么紧张了,他又蹲了下来,脱下纱笼和内裤,把它们揉成一团扔进水里。他一丝不挂地盘腿坐在脚踝上,擦洗、抓扯、捏弄着那三件衣物,尽力把边边角角那些已经积得又厚又硬的污垢都搓下来。他再也不记得那条蓝绿格子的纱笼是从哪里来的,穿了多久,是买的还是别人送的。他只模模糊糊记得,带条纹的白衬衫是在某个特殊的日子里收到的礼物,最有可能是在屠妖节[1]的时候,虽然他已经记不得当时他几岁,那天发生了什么事。他把衬衫从浑浊的水里捞出来,双手一点点地轻轻揉搓布料,似乎手掌碰到缝线上的微小间隙时就能更清楚地想起衬衫的过去。他闭上眼睛,尽力想保持清醒。他皱着眉头,拼命要集中精力。他知道有些细节被忽略,但没有任何细节返回他的脑海,既没有声音和图像,也没有气味。他可以感觉到过去那个时候的存在,仿佛它只是在超出了他的意识之外的地方飘荡,却无法触及,就像一个站立在梯子上的人拼命张开双手要抓住一片飘来荡去的羽毛,却怎么都抓不到,更确切的感觉是,除了自己脚趾踩着的梯子横档,以及指尖和手臂所承受的压

---

1 Deepavali,印度教传统节日,又称为万灯节、印度灯节。——编者

力,什么都是空的。无论他多么尽力想回忆这件衬衫是怎么来的,迪内希所能感觉到的,只是他的躯体以及躯体直接接触到的东西——他的双手浸入其中的水,他脚下湿漉漉的水泥井台,以及不断进出、使他的胸口不断起伏的空气。

迪内希从水桶里拿出衬衫和纱笼,挂在井壁的另一边,把水桶翻过来,看着浓浓的褐色脏水倒出来渗进地面。他站起来,再一次把水桶放进井里,赤身裸体站在那里等着水桶里的水装满了,然后把桶拉上来。他蹲下身子,拿起肥皂,开始用力把肥皂抹在衬衫上,用抹过肥皂的地方搓着还没有抹的那部分,使肥皂均匀地散开。他也这样洗纱笼和内裤,都洗完以后,又浸泡在了新打上来的水里,看着肮脏的泡沫再次悬浮在清澈的水面,这一次更浑浊,但没有上一次那么脏。当然,从某种意义上说,他一点都记不得自己的衣服是从哪里来的,这没有什么好奇怪的。正是因为那天早上的提亲和下午的婚姻,他才开始沉湎于过去几个月中发生的事情,在某种程度上回想起自他离开家以来所发生的每一件事。他已经在一个没有记忆、没有思想、没有知觉的麻木状态下飘荡了太长时间,就像一只乌龟,头部和四肢完全缩回到龟壳里,因此,如果他无法记起更早之前所发生的事,又有什么好值得惊讶呢?那种生活的回忆确实时不时地回到他的脑海里，但只有短暂的痕迹，是自己产生的默默无声的图像，无法与其他事物联系在一起，在他还没来得及认出它们之前就都已经消失了。它们只留下了一种模糊的空虚感，就像一个童年的家，几年后回来，发现印象中的东西都已消失殆尽，只有过去挂照片的钉子还在那儿，曾经放过家具的地方，地面颜色比较浅。没错，如果有人问他关于过去的某个特别的问题，他很有可能可以回答出来。他能背出过去他住过的地方的地名，确切的村庄和小巷的名字，描述他的家人，他在学校学了些什么，以及他如何度过他的空闲时间。然而，无论他如何准确地回答这些问题，他的回答都是空洞的。他再也记不起母亲、父亲或哥哥的脸，再也记不起他们的日常生活或他们在什么样的心境中生活，他所说的任何关于过去的事情都没有实质内容，有如孩子们的填色书中图案的黑白轮廓。他所能真正记起的日子是十到十一个月前逃难开始后，他每天可以真正思考和安排生活的时间仅限短短几小时。也许，是在他也可能会死去的那个抽象时刻之前的几天或几个星期，他就有了某种不确定的记忆。他记得过去的那个大脑半球与要记住将来的另一个大脑半球已经分离，而围绕着敏感的、负责记录当下的小脑核，只剩下了关于刚逝去的过去和不久后的将来的薄薄一层，使他无法追忆遥远的过去或憧憬将来，这种追忆或憧憬，可以使普通人能够忽略、忍受当下的这种状况，或至少可以为之找个理由。

在早期的逃难过程中，迪内希和母亲在一个女人的帐篷边搭起帐篷，那女人的儿子在一年前的战争中被杀，那是逃难开始之前的事。女人和丈夫，以及他们十二岁的女儿一起，在帐篷里读《圣经》度过了大部分空闲时间，她身子来回摇摆，像耳语一样低声吟唱《圣经》里的句子。她不可能很老，最多只是四十多岁，但已经满头白发，一脸皱纹，眼睛总是泪汪汪的，似乎眼泪随时都会流出来。迪内希注意到，只要他在女人面前，女人好像就会有点激动。女人总是在以为迪内希看不见时盯着他，不时想冲动地向他走过去，只好拼命地去克制，似乎女人的身体把迪内希与某个人混淆在一起，只有付出巨大的心智努力才能避免这种错误。在两个星期中，迪内希和母亲与这个女人和她的家人共用一个掩体。随着女人内心的矛盾有所减缓，和她在一起变得舒服一些。她有时会和迪内希谈起她儿子，就像她儿子和迪内希是从来没有机会见面的表兄弟一样。她告诉迪内希，如果她儿子还活着，年龄和迪内希一样大，而且他们俩的身高差不多。迪内希也许高一点，但她儿子长得更帅，身材也更好。她儿子是学校里最好的网球运动员之一，虽然成绩不是最好的，但也尽了最大的努力。他会遵照母亲的要求做任何事情，有时甚至在母亲要他做之前就完成了，似乎母亲脑子里刚有一个想法，他就会开始将那个想法付诸实行。他在家里的最后几个月变得很容易发火，那个女人压低声音对迪内希说着，仿佛是要告诉迪内希一个秘密。在这段时间，猛虎组织正在清查所有村庄，让年轻人去当兵，他与父亲争论，有时甚至大声喊叫。当然，当父亲不得不阻止他去上学和去看朋友时，他会感到不安，他被迫整天待在家里，以免被人看见，被带走。当招兵人员来到村子时，家人会把他藏在一个埋在花园里的旧油桶里，让他连续几个小时待在闷热的地下。每次这种事过后，他都会变得更加愤慨，最后只是出于纯粹的挫败感而不愿意再躲躲藏藏，加入了猛虎组织，他甚至没有跟父母说声再见，就在某个晚上一声不吭地离家出走了，好像是他的猛虎组织而不是家人更把他放在心上。那个女人眼睛一直盯着地面，她眯着眼睛的样子仿佛是在看远处，后来她抬头望着迪内希，一脸惆怅地微笑着。她儿子那没有生命的躯体真的已经回来了，她觉得儿子还健健康康地活在某个地方。他活在她所知的一个更高层次的世界里，她可以感觉到，他还活在某个地方，她确信。

听着女人说话时，迪内希只是点点头，似乎想要让那个女人知道，他也认为这是一种合理的信念。尽管女人充满信心地说着这些话，迪内希无法感同身受，只是觉得她很可怜而已。许多和那个女人处境相同的人也无法承认他们已经失去了一切，她只能为了生存下去而重复需要说的话。也许迪内希错了，不应当简单地敷衍她；也许她对迪内希的反应过于屈尊俯就；也许那个女人所说的话是有道理的，只是迪内希不知道而已。毕竟，亲近某个人不仅仅意味着待在他身边，不仅仅意味着和他待在一起很长时间。和某个人亲近，意味着那个人的整个生活节奏与你的同步，意味着彼此都学会了如何本能地做出反应，学会了对言行举止做出反应，学会了对话语和步态的微妙变化做出反应，从而使一个人的所有动作在潜意识中都逐渐与另一个人的动作和谐一致。两个真正彼此亲近的人是两个完全相互谐调的身体，能在任何没有事先考虑的情况下对对方做出反应，因为这种认知会在神经和肌肉的记忆中打下烙印，在双手双脚，在脸颊、嘴唇和眼皮上打下烙印，也许那个女人说的话有道理，也许这甚至是真的。她说她的儿子还活着，她的意思是说，即使在她儿子死后，她仍保留着这种认知，这种认知已根植于她的运动系统中，活在她的体内，随时准备付诸行动。因此，如果她的儿子在死了一年多之后突然走到帐篷里，而她正在泡茶，她会对着他微笑，开始往他的杯子里倒茶，只是在事后才会吓得一动不动，带着恐惧或怀疑，对她死去的儿子怎么会站在她面前而感到无比惊奇。就像另一个人可能在同样的情况下说他们的一部分已经死了，尽管他们的躯体完好无损，这仅仅意味着，与他们生活的各个方面都交织在一起的人，已经被带走了，只留下他们的这一部分，变得无力或慢慢萎缩。那个女人的意思是，尽管她儿子的心脏不再跳动，但她的肌肉和神经里仍然保持着儿子的生命节奏，因此，在某种意义上，儿子仍然活在她自己的躯体中，和他出生前一样。很难说清楚，在这种情况下，为什么人们会对不同的态度做出不同的反应，但是，那个女人说的话在某些方面是真的。也许这对迪内希和他母亲之间的关系来说也是真的，对他与他的父亲、哥哥，与他曾经认识的每一个人之间的关系来说，也都是真的。他现在不记得他们的脸长得怎样，不记得他们的声音听起来怎样，也不记得他们的性格，但这无关紧要，他默默地把他们所有重要的东西都带到了自己的身体里，他们还默默地活着，而不是像那个信仰基督教的女人所想的那样，活在另一个世界里。人们活在同一个世界里，即使是以不同的形式活着，这至少是一件值得感激的事情。

当然，所有的记忆最终都会褪色，即使是对身体最亲密部分的记忆也是如此。很难想象人会忘记怎样走路或忘记怎样说话,但是,如果长时间卧床不起,一个人最终甚至会忘记要怎样踩出第一步,如果长时间不和别人说话,最终甚至会忘记要怎样表述一个句子。不错,通常情况下,这些事可以重新再学,而重新学起已经和最初的开始全然不同了,即使这意味着身体曾经学过的东西永远不会被完全忘记,它的记忆永远不会被完全抹除,但不可否认,所有相同的这种记忆最终都会消失或者逐渐减少,人们最挚爱最亲近的人也因此会随着时间的消逝变成鬼魂或幽灵,有时他们的动作或手势会偶尔出现一下,但大部分都会消失殆尽。在某种程度上,迪内希是幸运的,幸运的是,他在最近还见到了母亲,幸运的是,母亲在他的皮肤下仍然是鲜活的。在某种程度上,即使他很快就会死,他也是幸运的,因为,不同于那些生活在正常环境中,在父母去世后还会再活几十年的孩子,他的身体不会忘记他的母亲,他的身体将不会忘记他与之生活了一辈子的母亲。他还是一个孩子时,母亲用她的双手为他洗浴、喂他吃东西、给他穿衣服,母亲有时打过他、有时抚摸过他、有时待在他的身边。他已经习惯了这样的生活,有时他甚至忘了自己是待在母亲身边,他在母亲的身边长大,他已经习惯了这一切,所以,他往往忘记母亲就在他身边。当母亲在他身边时，他也感觉是一个人，就像他们是一体的，同一个人。毕竟，当一个躯体上的双手往另一个的嘴里喂饭时，当一个人讲的话使另一个人咧嘴微笑时，当一个人的日常生活是为了另一个人而存在时，有什么理由可以否认，分离的躯体并不是不同的实体，而是同一个有机体里的两个器官，又有什么理由说，房间里不止一个人在场？他已经失去母亲很久了，他忘记了母亲的容貌和说话的样子，已经逐渐习惯了不去照顾别人或有人去照顾他，但是，没必要悲伤，因为他知道，直到现在，母亲还鲜活地活在他的躯体中，直到现在，母亲在他的躯体中依然平平安安的。

迪内希把纱笼从水里捞出来，想看看肥皂是不是溶解了，但他显然在搓肥皂时太用力，还有一些小小的黄块粘在布上。水里都是肥皂泡，他可以感觉手指头摸起来滑溜溜的。他倒掉桶里的水，又把桶放进井里，让水再流进去。他把衣服放在水里揉搓，拧了又拧，让上面的肥皂溶解，他意识到他的眼睛湿了，每次眨眼时都感觉眼角的睫毛有湿气。不记得多久了，他一直强迫自己流泪。现在，他的脸颊因紧张而发热，毫无疑问，如果一直这样下去，他迟早会哭出来的。他感觉自己眼睛里的管道所分泌出来的咸水就像深埋在内心深处的一个大湖的最小一部分，就像一个巨大的水坝冒出了一条小小的、无声的裂缝，他所要做的就是继续想想自己和最近在他身上所发生的一切。他松开双手，让衣服浮在水里，闭上眼睛，想打起精神。自从他上一次流泪到现在，他已经很久没哭过了。也许现在哭出来会让他感觉不错，甚至可能会让他想起他一直努力想要想起的过去，但是，全面考虑，最好等到以后再哭吧。他来井边只是为了洗个澡，甚至只是为了让甘加以一种不同的眼光看他，让甘加欣赏他，甚至迷恋他。那是他把甘加一人留在那个空地上的唯一原因，而且他已经在这里待了太长时间。如果他现在开始哭，那就很难停下来，就像撒尿、拉屎或讲故事一样，你一哭起来，要想不哭也是令人不快的。无论如何，如果他在那块空地或在空地周围哭泣，他会感觉更安全些，他可以慢慢哭，不必担心被人看到或听到。如果甘加还在睡觉，他甚至还可以在她身旁哭，在她酣睡时的温柔和热切的寂静中哭。他现在赤身裸体待在井边，感觉很舒服，但是哭的行为比洗澡或比仅仅是赤身裸体更容易受到伤害，在这样的公共场所里让自己哭出来，太让他感觉不安了。这地方太开放了，他需要在完全封闭的地方才能哭出来，在离其他人很远的地方才可以。如果他等太久，这种哭的冲动就会离开他。即使他以后再怎么想哭，这种感觉也不会再来，他也哭不出来，但他知道，他别无选择，他必须尽快赶回那块空地。

迪内希最后一次把衣服放在水里压实，然后把水倒在水泥井台上。他可以再过一遍水，但觉得没必要，如果衣服上还有残留的肥皂，它也会像晾过的衣服那样变硬变干，或许还可以留下一种淡淡的香味。他从水桶里拿起纱笼，双手把它摊开，然后用力把水拧干。他先是朝一个方向拧，然后反一个方向，看着水先是从衣服上哗啦哗啦往下淌，然后是一滴滴慢慢被拧出来。他把纱笼蒙在脸上，吸着它清新的酸橙味，感受自己的皮肤贴在凉爽、干净的布料上所感到的温馨和疲倦，而这块布直到刚才还和他的躯体一样肮脏，他为自己也很快就会经历的转变而感到一种莫名的兴奋。他摊开拧过的纱笼，挂在井壁上。这时他已经把衬衫和内裤的水都拧干了，把它们也挂了起来，他的手脚都湿透了，上身都是水滴。他站起来，把水桶放到井里。他等着水把桶灌满，然后带着节奏迅速地把水桶拉上来放在井壁边。井台上有一个小塑料碗，他慢慢向前弯下腰，用小塑料碗从桶里舀出水。他犹豫了一下，因为如果他开始洗了，他不可能洗一半就停下来。他轻轻地把水往脚踝和小腿上倒下去。他想从手和脚开始洗，让自己适应冰凉的水，但实际上水是温的，甚至有点热，让他感觉很舒服，他不知道自己在洗衣服时为什么没有注意到水的温度。

他又舀了一碗水，把水倒在脖子和肩膀上，感觉水的温暖和湿润从都是尘土的后背上柔和地淌下来。他放下碗，伸手提起水桶，把一整桶水举到脖子上，慢慢地让桶往下倾斜，以防泼出来的水太多，溅水的声音太大，就这样让水流稳定而有控制地流下。水从胸膛、肚子和腰边流下来，从他的腹股沟流下来，慢慢流过小腿肚，润湿了沾满血块、汗液和尘土的皮肤。他把水桶举到头上，让水从油腻的头发上和脸上流下来，一直流到脖子后面，流到背上，流到大腿内侧，让水从脚趾里流下去，让带着几星期的血和污垢变成褐色的水从水泥地渗透到土壤里，让他的脚窝发痒。迪内希双手搓着自己瘦小而湿漉漉的身架，抚摸着自己那薄薄的胸部和瘦弱的身躯，似乎直到这时，他才意识到自己有一副躯体。他又把水桶放进井里，用力把它拉上来，再把水慢慢地倒在身上，让自己浑身湿透，持续地被裹在一个暖暖的流动着的水茧中。

他搓了搓眼角和睫毛，也搓走了自己的睡意，擦洗了下巴和下巴上因汗迹和污垢而发硬的绒毛。他用手指头抠耳朵后面的皮肤，挖耳朵里面的边边角角，想把里面积存的耳屎挖出来。迪内希又打上一桶水，放在井台上，然后在水桶边蹲下来。他左手拿着碗，舀起一小碗一小碗的水倒在身上，同时用右手仔细搓着全身。他从脚开始搓起，用食指搓洗脚趾间有点发痒的地方，用刚剪过的指甲刮掉脚踝下紧紧粘在皮肤上的污垢。他开始搓小腿和膝盖，搓腿毛，让结块的污垢变得松散后随水流走，一直搓到睾丸和大腿内侧之间的地方。一层又一层污垢聚集在他的手肘和手腕内侧，聚集在腰间、腋窝和脖子上，从他湿漉漉的皮肤上往下掉。他挖了挖肚脐，挖出了积聚在里面的东西。接着洗屁股，抠掉一些粘在屁股毛上面的小块干硬的屎。他左手翻起包皮，用右手的拇指和食指轻轻地揉捏着龟头那奶油颜色的表层，使其软化，再冲掉，露出下面粉红色的皮肤。迪内希又打上一桶水，慢慢地把温暖的水从身上倒下去。所有已经被搓松但还没有被冲掉的尘土和污垢都从他的脚趾、脚踝、脖子和胳膊上流走，他的皮肤重又感觉干净和原始，有如第一次与空气接触。他拿起肥皂往身上抹，从脚开始一直往上，润滑的肥皂贴在他的皮肤上，让他感到快乐无比。他冲掉身上的肥皂泡沫，然后用肥皂洗头发，洗完后再洗一次，因为他的头太油腻，第一次洗时根本无法出现任何泡沫。他再次用温暖的井水浇透全身，挥舞着手臂和腿，用力把头从一边甩到另一边，要把头发中的水全部甩掉，然后疲惫地蹲下来，把身子靠在滑溜溜湿漉漉的井壁上。

水井周围的地方无比寂静。云彩从月亮下面掠过，一丝暗淡的银光从天空中均匀地挥洒而下，明亮而柔和。他前面的灌木丛和树木的轮廓清晰鲜明，地面上的每一根草看起来都锋利坚挺，仿佛他周围的世界是一个刚刚在溶液中冲洗出来的照片。水从迪内希的头发上滴到肩膀上。水滴滚到地面上，他的躯体在凉爽的空气中慢慢变干，微风吹到他潮湿的皮肤上，使他微微颤抖了一下。迪内希双手抱着膝盖用以取暖，头搭在肩膀上，盯着在双腿之间软绵绵垂下来的阴茎。现在它既清新又干净，没有劳作后留下来的味道。裹在他身上的所有泥土和死皮，所有污垢和脏东西终于都被清除掉了，他变得温柔、裸露，就像一颗温暖的具有生命力的种子。他终于回归自我了，现在除了他自己什么都没有，没有无生命的或者外来的物质，只有活生生的会呼吸的物质，多孔而赤裸。似乎洗掉过去几个月中在他身躯上结成硬壳的所有东西之后，他已经摆脱了最近的这段时间对他的控制，似乎随着附在头发、指甲和皮肤上的记忆的全部消失，所发生的每件事都可以被忘记，当前的自由终于有了不同的意义，他那尚未加工、为新的记忆和新的生活而准备的新皮肤终于出现了。

# 六

迪内希进入营地东北方向的丛林安全地带时开始放慢脚步，走向那块空地，终于在空地边停下来，在黑暗中默默站了一会儿。四周寂静无声，他可以听到自己的胸口迅速扩张和收缩的声音。他上唇冒出一溜汗水，眉间汗流直下，全身的汗水与刚洗过的皮肤上的湿气混在一起，令他感觉不舒服。他从水井边回来时走得太快。刚开始他还没有意识到，但洗澡的时候他感到一种奇怪的活力，他想尽可能积极而有目的性地利用自己的身体。因为心里惦记着甘加，所以他从睡在营地里的人身边走过时，想起了甘加躺在床上时胸脯的上下起伏，他迅速而急迫地朝着目的地走去。在他短暂的成年生活中，他现在的身体比以往任何时候都虚弱，胳膊和大腿确实比以前细小得多，一眼就可以看到皮肤下的骨盆和肋骨,但他穿过营地时,他因为某种原因而感到强壮,或者即使不很强壮,至少也有力气。他想一路快快地跑回去,抱着甘加,把她全身都抱在自己的怀里,让她知道,在他面前她可能很脆弱,但他会照顾她,让她平平安安。他感觉,如果甘加理解这一切,她就会改变,就会向他敞开心扉,接受他,不再为和他结婚而感到不安,甚至会渴望与他在一起。因为心中有了这些想法,他越走越快。他没有跑起来,只是因为怕吵醒营地中的其他人,或引起不必要的注意。他越走越快,似乎他一直暗中渴望的人正在那块空地上焦急地等着他。

过去迪内希也可能不时有这种感觉。在某些情况下,那是由一些重要的事件带来的,至少在当时是重要的,比如他花了很多时间学习而考出个好成绩;但大多数时候,那是由一些小小的、很快就会被遗忘的东西带来的,比如他走过街头时某个姑娘会瞥他一眼。很难说究竟是什么原因引起这种感觉,但他总是觉得,那是因胸口有某种东西在膨胀引起的,起先只是一点点,然后胀得越来越大,直到简直就快胀破的地步,似乎他的肋骨架会把那些东西挡回去,但它们很快就会再胀大,大到可以扫过大地。他会带着疑问注视周围的每一件事物所具有的锐利的生动感,似乎他是从所生活的环境中以某种方式被举起来的,似乎是从他所专注的世界的一小部分中被筛选出来的，似乎有人让他知道，有一个不依赖他而存在的世界，有一个他有可能在某种程度上有机会全部涵盖的世界。至于怎样涵盖，他从来没有任何具体的想法。不用说，在那种时候，他实际上所能做的任何事情似乎都不足以满足他的感觉，他无法充分表达任何行动，或把它延续下去。如果他有能力，他就会不停地绕着地球跑，快得把整个世界都抱在怀里；如果他有能力，他就会一直往地底下挖，一直挖到地核。但他的身体显然太沉重，是一个大包袱，他的手臂和双腿无法进行必要的运动。无论他怎样努力想要找到一种活动在这种时刻充分表现自己，却总是不知所措，因此，涌上他全身的可能性的意识就会慢慢消退，直到他以悲伤的必然性返回到已构成他一个部分的小小的业已习惯的世界，所留下的，只是逐渐减弱的、他一时所感受到的那种可能性的微光。

迪内希摸着离他最近的那棵树的光滑树干，倾身靠前，这样他就能在脸颊上感觉到树干上的冰冷树皮。这一次他对自己能做些什么有了一些想法，他知道他需要找到甘加，拥抱她，向她表白自己的感受，以此让她接受自己。但现在他就站在空地边，他的衣服不再滴水了，只是因为洗过还有点湿，从他的肩膀和腰部沉重地垂下来，缠在他的后背和腿上。他开始觉得他的想法不切实际，也许一点都不靠谱。他可以感觉到，他对岩石、土层和鹅卵石及石块构成的边界很熟悉，但仍然摸不透躺在蕨类植物后面的甘加。他们已经分开这么长时间了，要如何进行互动？他们能在分手的地方恢复他们的婚姻吗？抑或他们还得再次从头开始？甘加可能仍然睡得很香，而她醒来后很可能没心思听他想要说的话，很可能她会再次感到心烦意乱或仍然对他冷漠，不愿意说话。她很可能会对他的出现和他想要交流的努力感到恼火，就像他们结婚后来到这块空地时一样。如果她没有生气，不管他是不是洗过澡了，也许她都不会在意他。即使他们在一起醒着的那几个小时中有了不多的了解，考虑到他们所处的环境，他怎么能够和她分享他所想要的东西呢？就在此时，他似乎忘记甘加的母亲和哥哥仅仅在两星期前才去世，而她父亲刚刚遗弃了她。即使现在她不同于此前，愿意和他说话，她要怎样才能理解他想要表达的感情，在这些情况下，他能说些什么来开始他们之间的谈话呢？

微风吹过树冠顶部，空地周围的树枝轻轻摇曳，树叶悄然无声地飘落在空地上。迪内希放开他无意中抓得紧紧的树枝，张开双臂，放松身体，用力吸气。也许他的焦虑与甘加跟他结婚的背景无关。也许这实际上是一种自然而正常的感觉,某种即使他们是在正常的生活中相遇也会对他产生影响的感觉。他们两个人与各自的家庭、房舍,或曾经属于他们自己的每一件东西疏远,也许并没有任何真正的理由使他俩聚在一起,而炮弹却一直在他们周围落下,人的肢体像树枝和石头一样散落地上,但也许这些也都与他的焦虑无关。也许他的焦虑与很久以前他还在读书时的感觉并没有多大的不同,因为无论以什么理由,他都有机会和附近的女子学校里某个漂亮女生交谈,也许他的感觉只是一个男孩在要见某个姑娘时自然而正常的紧张不安。

迪内希又深深地吸了一口气,往前走几步进了空地。他小心翼翼地避免踩到大一点的植物,踮着脚尖站着,想在茂密的蕨类植物中找到床。甘加静静地躺在那里,沐浴在透过树冠照射下来的蓝光中。她的身体只占了床的一小部分,脸颊压在她先前放在防水帆布床单上的纱丽上,左臂盘在头后面。她没有注意到迪内希一直不在,这也许最能说明她比迪内希离开时睡得更深。不过,在迪内希靠近时她还是有可能醒来,所以迪内希最好能找个借口解释他去哪里了。他可以说去小便了,而且没去多久,虽然那时甘加可能会注意到他的衣服很湿,比以前干净得多,而且现在迪内希自己也闻到了酸橙味。也许他可以承认自己去洗澡了,只说是在附近的水泵边洗的,而不是去了诊所那口水井。还有一个问题是,要不要承认用过肥皂和剪刀,抑或把它们放进袋子里,假装自己从来没有拿出任何东西。走到离甘加只有几英尺的距离时,他还不想面对这些问题,他走到枕头边之前就停下了脚步。甘加轻微地动了一下,把伸出来的胳膊缩回肩膀下面。她仍然闭着眼睛,但皱起眉头,好像是表示惊讶或反对,然后眨了几下眼睛,才慢慢地睁开。她先看了看迪内希那双与她的头在一条直线上的脚,然后抬起眼睛看他的大腿,最后看着他的脸。她盯着他看了一段时间,脸上露出一丝迷茫的神情,似乎认不出他来了。迪内希开始担心甘加根本不记得他们结婚了,但接着甘加坐起来看了看她身下的纱丽,脚下的袋子、煮锅和平底锅,以及周围的树木,脸上露出慢慢认出这些东西的表情。她又抬头看着迪内希。

"你要去哪里?"

她有点大声地说着,似乎虽然她知道自己在什么地方,但还没有意识到时间。

"没去哪里,"迪内希低声地说,他压低自己的声音,以此来表示他们不应该太大声说话,"我得去解手。"

他脱下拖鞋,蹲在床尾。甘加缩回自己的脚,如果这不是为了与他保持距离,那就是为了给他腾出更多的空间。她拖着脚挪回床对面,以便靠在岩石上,然后开始揉眼睛赶走睡意。

"对不起把你吵醒了。我刚才一直很小声。"

甘加继续缓慢地画圈按摩眼睛。她含糊地点了点头,表示不需要道歉,然后开始用拇指搓揉额头和脸颊。

"你睡得好吗?你一定累了,我们刚从营地回来你就睡着了。"

甘加在床上伸直双腿,耸了耸肩。

"我想是这样。"

她张开双臂,微微打了个哈欠,然后双手紧紧地搂住双膝,抬头望着前方丛林的黑暗处。迪内希略显尴尬地蹲着,从床尾那边认真看着她。虽然她刚刚醒过来,但她的后背却优雅地弓着,眼睛睁得大大的。她的目光集中在树丛中的某个点上,仿佛在思考某件事或在用力记起某些细节。时间不可能晚于凌晨一点,但她似乎并没有打算再睡觉的意思。她睡觉的时间不可能超过三四个小时,如果她需要更多的时间睡觉也是有道理的,但也许三四个小时对她来说也就足够了,至少可以缓解她的疲劳,也许现在她醒着,想要和迪内希说会话。

"你口渴吗?"

甘加看着迪内希,有点惊讶,然后点了点头。迪内希转过身去找那个米色袋子,跪在地上倾身向前,拉开主袋的拉链。他假装在找他早些时候看到的塑料瓶，小心翼翼地从衬衫口袋里掏出肥皂和剪刀，还有装着头发和指甲的那个小纸包，他拉开袋子侧袋的拉链，偷偷把这些东西放了进去。然后，他把塑料瓶拿出来，转过身，若无其事地递给甘加。甘加犹豫了一下才伸手去接，迪内希意识到自己犯了个错误。当然，从某种意义上说，既然他们已经结婚了，他就有权自己去打开甘加的袋子，可不管怎样，在没有先得到甘加允许的情况下就那么做，就像是一种暴力行为，就像拒绝承认甘加是这个袋子的主人。迪内希不知道自己可以找出什么理由来辩驳或解释，但在他做出辩驳或解释之前，甘加一言不发地往前探过身，从他手里接过了瓶子。甘加用修长而优雅的手指拧开盖子，把瓶子举起来，瓶口对准自己的嘴，而不是和嘴唇直接接触，让水细细地滴到牙齿和舌头上，轻轻地流进喉咙里。她放下瓶子一会儿，又把它举起来，再喝一口，然后紧紧拧上盖子。她把瓶子放在自己右边的地上，又看了一眼迪内希，然后低头看自己的膝盖。

迪内希没有退回自己原来待着的地方，而是慢慢往后挪到岩石边，靠在距甘加左侧两三英尺的地方。很难确定甘加在想些什么，但她似乎并没有觉得迪内希所做的事伤害到了她，或对此感到愤怒，而只是感到惊讶或略感不安，似乎通过迪内希的行动,她对自己处境的了解比她刚醒过来的那几分钟内所了解的要具体得多。她的眼神里有一丝淡淡的忧伤,但这不一定与结婚前他看到她独自在诊所里干活或在她父亲的帐篷外梳头时所注意到的不同。迪内希觉得这种忧伤与自己打开她的袋子或他们现在的婚姻并没有多大关系,而是因为对整个世界的失望。

他看着她,悄声地开口了。

"你想再睡一会儿吗?"

甘加看着他。她摇了摇头,回头看了看自己的手。"我一起床就再也睡不着了。反正我睡不了那么久,通常只睡几小时。"

迪内希犹豫了一会儿,然后又开口道:"你白天睡觉吗?"

她摇头。

"你不累吗?"

她耸了耸肩,仍然低头看着手。"这要看情况了。通常到了晚上,我因在诊所干活而精疲力竭,所以很容易睡着。如果没去诊所,我真的不累。我今天没有在诊所做什么事,但我很累,因为前一天晚上我根本没有睡觉。"

一阵短暂的沉默,但在迪内希开口要她详细解释之前,她很快就把目光从膝盖上抬起来看着他,开口说:"你有睡吗?"

"昨天晚上还是刚才?"

"刚才。"

他摇了摇头。"没有。"

"如果你想睡一会儿,我可以挪一点地方出来。"她弯着身子说,好像要站起来似的。

"不,没关系。我很难睡着。"

迪内希想说些什么来补充一下,却觉得这样做有点尴尬,然后漫不经心地拍了拍身后的岩石,好像是为了说明这块石头很坚硬。"你睡觉的时候我靠在岩石上,所以我不累。"

"我挪一下没关系。"

"我没事。别担心。"

甘加往后靠在岩石上,假装在看着前面,迪内希斜视着她。甘加睡觉时马尾辫已经松了一点。几缕头发漫散地垂在脸上,不再像以前那样紧紧地贴在额头上,脸也显得比以前更柔软更有弹性,尤其是在说话的时候。她说话仍然很简短,仍然慢吞吞地说着,有一种冷漠感,但已经没有她早些时候声音里的那种懒洋洋的语调,听起来没有不可亲近的感觉。她说的每一件事似乎都在某种程度上与她脸上的表情有关,虽然她看上去仍然悲伤,但现在至少迪内希可以听懂从她嘴里说出来的话了。

甘加拍了一下后颈。她用力在那里抓了一会儿，然后俯身开始挠脚踝。

"你睡觉的时候蚊子会咬人吗？"

她点了点头，手里一直抓挠着，没有抬头看他。

这是这个地方唯一的问题，丛林里到处都是蚊子。营地里至少没有蚊子。

其实，营地里也是有蚊子的。唯一的不同是营地里的人太多了，蚊子从来不用把注意力集中在一个人身上。

迪内希不知道该说些什么，他稍微挪了挪靠在岩石上的后背，把腰的下半部靠在柔软而干燥的苔藓上，想了一会儿。

"我记得在营地边缘看到了一棵印楝树。我可以去捡一些树籽来烧一下，这样可以驱除蚊子。"

甘加双手整齐地放在大腿之间，身子又从岩石上往前倾，显然正在全神贯注想些什么事，对迪内希说的话没有反应。她盯着前面的树看了很长时间，好像能分辨出黑暗中的什么东西，然后又把脸转向迪内希。

"炮击时你去哪里？待在这里吗？"

"没有。"他摇了摇头，示意着东部，"从这里走大约五分钟，那里有一条翻过来的船，一定是某个渔民从海边把它拖到丛林里的。通常我会爬进去。它很大，我们俩都可以在待在里面。"

"船够坚固吗，可以防弹片？"

"是的，木头很厚。而且因为丛林里树很多，比较不会被弹片打到。但是如果你想要的话，我们明天可以在下面挖一条壕沟以防万一。"

"我们可以等明天再考虑这件事。"

"也许这样最好。我可以早上自己挖，不会很难的。"

甘加默许地点点头，似乎这是她可以接受的建议，甚至是喜欢这个建议。她把耷拉在脸上的几根头发扯回去，然后把手缩回到大腿下面。她移动身体的方式有些放松，使她看起来比今天早些时候更舒服、更放松、更没有戒备。迪内希也感到自在，不再担心这门婚事是不是得从头开始。似乎在他们彼此分离的短暂时间里，他们实际上变得更亲密，更多地了解或认识了对方。也许他们之间存在着某种深层的亲密联系，也许他们之间出现的新的慰藉是一直存在的一些更古老的理解的标志。迪内希知道，不管这些可能性多么让他感到快乐，但实际的解释也许是很世俗的。即使在正常生活中，和一个新认识的人第二次见面总是比第一次见面自在得多，第三次又比第二次自在，以此类推，即使见面的内容没有什么具体变化。正是在两次见面之间，每个人都接受了另一个身体的所有新鲜和奇怪的一面，接受了彼此的气味、存在、言语和态度，在分离的时期，每个人的肌肉和神经都被再塑造和调整以适应对方。因此，当两个身体再次相遇时，突然之间，尴尬和困难就减少了很多。要了解一个人时，分开的时间和在一起的时间一样重要，很可能这就是为什么现在他们两人之间的相处变得更为自在，这并不是因为他们在某种意义上要这样或是注定要这样。

除了他们两人呼吸时的声音，周遭一片寂静，甘加的呼吸很轻很有规律，迪内希的很重，也有点快。他们胸部的起伏节奏相互平行，偶尔会此起彼伏，然后又逐渐统一。迪内希抹掉额头上冒出来的细小汗珠，把手收回去放在头发上，洗过的头发依然凉爽湿润。即使他们只是刚刚变得更加习惯彼此，即使他们在彼此周围新出现的轻松之感是平淡无奇的，甚至是可以预测的，他还是情不自禁地希望那种感觉可以成为一条通道，让他们之间可以有更深更亲密的联系。

迪内希把身子挪到了更靠近甘加的地方，倾身对着她，这样他们之间就只有一只脚的距离了。

"你每天都在诊所干活吗？"

甘加看了他一眼，然后收回目光。

"大多数日子都去。一有时间我就去。"

"我在那里见过你一两次。我也在诊所帮过几次忙,但只有在炮击过后才能帮助受伤的人。我没法想象每一天都在诊所干活。那里到处都是血和其他东西,肯定很不容易,对吧?你一定是个很无私的人。"

甘加把双手从大腿下面拉出来,再一次紧紧地抱着膝盖。"我去那里只是为了我自己,"她说着,没有抬头,"有事情要做总是件好事,不管是什么事,总比无所事事好点。"

"你去那是为了分散注意力?"

甘加张开嘴说了几句话,然后停了下来。迪内希等着她继续说,但随后而来的是沉默,她似乎并不是没有听到迪内希的话,只是迪内希的问题并不值得回答,或者她的沉默本身就是回答。她嘴巴张开一会儿,然后闭上了,身子向右倾斜过去,从床边捡起一块鹅卵石,放在手掌里默默地揉来揉去。

迪内希有一股想说些什么的冲动,但犹豫了一下。他想以某种方式接受甘加的沉默,对她的沉默做出反应,因此,以说话的方式来破坏这种沉默的想法,在某种程度上似乎很不合适。当然,他们已经陷入沉默了,就像在结婚仪式后那样呆若木鸡,就像在来到这块空地之后坐在彼此身边时一样,就像后来在营地里一起吃那顿饭时一样,但是这次的沉默和那几次的有所不同。前几次的沉默是生活在不同世界的人之间的沉默。那是存在于营地中每一个人之间的沉默，被一堵光滑的石头墙隔开的两个人之间的沉默。而现在的沉默却将他们联系在一起而不是分开。这种沉默使他们之间的空气完全充电，一个人的最微小的动作都能够被另一个人感觉出来，使他们的躯体似乎一起悬浮在超脱时间之外的某种介质之中。

大片云层从月亮底下飘过去，他们头上的天空变得明亮了，月光照亮了直到那时一直被笼罩在黑暗之中的所有地方。蓝色和紫色的纱丽布面在月光下显出暗暗的光泽，他们前面的暗绿色蕨类植物和灰色、棕色的树木隐约可见。

"那正是我也去诊所的原因，"迪内希轻声说，"即使你不和任何人说话，偶尔看看别人或者自己能动一动也好。"

甘加的表情没有变化，但她不再揉手上那块鹅卵石了，只让它在手掌上静静待着。她平静地盯了它一会儿，然后放回到床的装饰边界上。她看着迪内希，对着床的边界示意。

"你来时就这样吗？"

"什么？"

"你来这里之前，这些石头都是这样排列的吗？"迪内希摇了摇头。"我自己把它们摆在那里，围成一个边界。我在地上捡这些石头时就想要摆成这样了。"

甘加指着床上的土堆。

"这也是你做的吗？"

他点点头。"我把它从土里挖出来当枕头。"

"真有意思，你睡不着，却花那么多的精力去营造一个睡觉的空间。"

迪内希看了甘加一眼，然后抬头望着空地边的树木。云朵又飘到月亮底下，天空变黑了，他们周围的树木又变成让人难以看清的黑色和深蓝色。

除了他们的呼吸声，周遭再次一片沉寂。他们似乎靠得更近了，甘加的呼吸比之前快了一点，重了一点，而迪内希的呼吸则慢了一点，温柔了一点。一只蚊子微弱的嗡嗡声在他们头上盘旋，然后又在黑暗中消失了。

"你为什么睡不着？"

迪内希瞥了一眼正在好奇地看着他的甘加，然后迅速把目光移向树林。

"我不知道。我会躺下来，闭上眼睛，但因为某种原因，我睡不着。"

"你完全睡不着吗？"

迪内希可以感觉到甘加看着他、探索着他的那双眼睛，他尽了最大的努力使自己注视着前方的黑暗。他并不是担心甘加在看他的眼睛时，会从中看出最近几个月给他带来了什么样的影响，因为她很可能已经看出他一直睡不着，也可以看出他脸上流露出来的羞耻感。在某种程度上，他可以忍受甘加认为他脆弱或丧失能力的想法，这并不让他感到愉快，但他别无选择。但他无法忍受的是，在甘加同时想着这些问题时他不得不看着她的眼睛。也许，如果一个人在换衣服的时候其他人突然开门进来，尽管两人直接面对面，换衣服的人也不可能在那一刻直视突然闯进来的人的眼睛。这时的眼神交流让你别无选择，只能通过注视着你的人的眼睛来看到自己，承认你为之感到羞愧的事情，然后你才会设法掩藏自己或忽略此事，在这种情况下，在试图掩盖自己的裸体之前避免目光对视也是必要的。迪内希低下头，死命盯着自己的腿。

"睡不着。"他平静地回答。

头顶的天空悄悄地再一次明亮起来，然后又没入黑暗之中。在围绕他们的寂静中，又有一声音调很高的颤抖的嗡嗡声掠过了他们头顶。迪内希觉得脖子后面被叮了一下，但他一动也不动，不想因为抬起一只手而破坏平静的气氛。蚊子奇怪地用力叮下去时，迪内希可以清楚地感觉到坐在他旁边的甘加的静默，似乎她也觉得自己被迫要一动不动。

就在一两个小时之前迪内希在甘加身旁弯下身，脸离她的皮肤只有几英寸远时，他也一直犹豫不决，尽管他因为怕甘加会变成虚幻的、假的或某种幻想中的人而想去了解她，哪怕碰她一下，一秒钟也好。不过，现在他就坐在甘加旁边，他似乎可以肯定，自他们第一次相遇之后，只要他伸出手去抚摸她，他就真的可以感受到她皮肤的温暖。轻飘飘的蚊子飞走了，他脖子上被蚊子叮的地方非常痒。刺痛开始扩散，但迪内希仍然靠在岩石上一动不动。

过去他也感觉到对这种奇怪的寂静的渴望，不是经常，但至少有一两次以上。傍晚时分他会和一两个朋友到村外，盘腿坐在地上，看着浩瀚无边的湛蓝天空。他记不清他们在那种时刻说了些什么，但迪内希仍然可以记得，在某些时刻他们的谈话逐渐慢下来，所说的话似乎都围绕着某些奇怪的无形的物体，围绕着他们可以在附近感觉到的或者甚至看不到的地方和东西转。他们所有的问题、答话、停顿和回应，他们的插话、犹豫和阐述，他们在这样的时刻所说出来的每一句话都像是一种微妙的尝试，都想更接近这个物体，所以他们试探着，凭直觉停止和开始谈话，他们的谈话似乎围绕着这个能被感知到却看不见的地方或东西绕圈，越来越接近它，圈子越来越小。只是，越是接近时，他们越是小心翼翼、越是紧张，直到最后，出于恐惧，每个人都沉浸于他们所寻求但据说可能无法再接近的东西。

当到达这一点时,他们几乎都本能地感觉到,即使他们看不见或触摸不到他们所发现的东西,似乎他们所一直寻找的不在此,而是某种心境,某种从一开始就被模模糊糊地理解为某种手段的心境,借助这种手段,他们可以相互依赖,一起走出隔离自己的单独世界,以此进入一个他们可以在短时间内彼此充分认识、充分理解的平面。在他们终于有了这种心境之后,如果这样的谈话有成效,就必须立即结束,必须不再说什么,甚至连一个动作都不能有,因为这种心境有如一只栖息在一片轻微地颤动着却没有弯垂下来的草叶上的蝴蝶,只能在一定的距离内接近,否则它就会紧张地扇起轻飘飘的翅膀,抽动一下,在最轻微的声响、一声沉重的叹息或关节碎裂声后,无声无息地飞走,因此,他们也意识到,他们如此耐心、渴望和孜孜不倦寻求的心境可能会因为最无伤大雅的言语或动作而消于无形,使他们再一次被困在自己被隔离其中的那个世界,使他们再次感到自己的孤单。

当然,让他们坐在一起的心境从来没有持续很长时间,它要么是逐渐消散,要么就被外部的一些干扰所打断,迪内希知道他和甘加之间迟早也会是这种情况,除非他们可以找到另一种维持下去的方式,一种可以让他们自己和他们之间的空气流动的方式。最轻微的错误的声音或错误的动作都可能破坏他们已经取得的微妙平衡，使他们远离他们所发现的世界。可不管怎样，为了延长这种心境的存在，迪内希觉得，冒着彻底破坏这种心境的风险，总比让它自己溜走要好。他沉住气息，往甘加那边挪了一丁点，他们的肩膀轻轻地碰在了一起。他伸直了弯曲的膝盖，使两人的腿平行伸着，小腿几乎碰在一起。他僵硬的后背可以感觉到一部分刚接触到的岩石，可以感觉到在紧紧裹住膝盖但通风的纱笼底下刚接触到的那部分凉爽的纱丽面料。他又一次停在那个地方，一动不动。他可以感觉到坐在身边的甘加那比之前更僵硬的躯体，她也一动不动，胸部也不再起起伏伏，似乎她自己也明白迪内希要做什么事。很难知道甘加的感觉，因为她既没有认可迪内希的举动，也没有抗拒的举止。如果她不想的话，迪内希并不想和她太亲近，他不想强迫她做任何事情，如果迪内希想，他仍然可以往后退，实际上他并没有碰过甘加，他根本没有让自己去抚摸她。但有可能甘加希望他碰自己，也许她在经历过今天的种种之后喜欢上了他，觉得他现在更容易亲近，而且他已经洗过澡了，甚至更有吸引力，她也并没有挪开，她在迪内希身边待的时间越长，这些就更有可能。因为在他们说话的时候她似乎有点投入，她自己主动问迪内希话，似乎真的想和他谈谈。也许她现在依然像迪内希那样一动不动的原因，也只是因为紧张，她自己也不知道该做些什么。

甘加的双手半张着搁在自己的膝上，手指松松地交叉握着，迪内希斜视着她的双手，本能地把右手伸向她的膝盖。他把她左手的拇指夹在自己的拇指和食指之间，坚定然而轻柔地抓住她的拇指，就像人们拿着一张新纸时捏着纸角，以免脏手把它弄脏。甘加的大拇指尖是那么小，那么完美，在迪内希的手指之间一动不动。他抚摸着一个有自主生命力的东西，拥有一件如此珍贵、静静搁在他手中的东西，这让他感到很奇怪。他尽量轻轻地抚摸它。他用指尖抚过她那硬硬的光滑的指甲，抚过纹理复杂的皮肤，最后抚摸着下面的血管，想要倾听下面微细的血管里面流淌的血那无声的颤动。他张开另一只手抓住她的另一只手，把她的整只手都握在自己手里，突然间，他像一根绷得紧紧的橡皮圈一样被切断了，整个身子都瘫了。没有任何预兆，似乎他们之间的谈话所建立的心境不再需要通过沉默来维持，就像设在为了建屋顶而搭起来的两堵墙之间脚手架被拆掉时，周围的空气可能会被打扰那样，迪内希感觉，他不知道憋了多长时间的胸部突然崩陷，肺部里的空气突然消失了。他身边的甘加的胸膛也崩陷了，然后再挺起来，和他的胸脯完全合拍，似乎他们刚才同时停止呼吸，而只要他们手拉着手，他们现在就可以和谐地一同呼吸了。

迪内希看着甘加。她低着头，所以他看不清她的眼睛是睁着还是闭着，但她的眉毛放松了，就像漂在一片静默无声的大海上的浮标。他一直盯着她的脸，轻轻地捏了一下她的手，确定一下她的手在肌肉松弛后还是不是真的手，然后马上放开，好像轻微的压力都会伤害到她。他觉得奇怪的是，他握着的那只手竟然是他正在看着的那张脸的那个人的手。他感觉被他抓在自己手里的那只手十分奇怪，柔软、暖和、纤细、活生生的，然而却一动不动，完全不同于他早上看到的那个小男孩的手。迪内希用拇指轻轻地沿着甘加的手腕内侧的血管摸过去。他沿着无声跳动的脉络，沿着她那条细长的胳膊，沿着她那条伤疤摸过去，如果没有那块伤疤，那里的皮肤就会像新买来的肥皂一样光滑，他一直摸到肘窝，停了下来，不再往上摸了。甘加一直闭着眼睛，但无声地张开了嘴巴。迪内希用左手抓着她的双手，右手越过她的头，绕过她的后背，轻轻地搂住她的肩膀。他犹豫了一下，然后把她拉得更近了，同时自己也更靠近她，让他们两人的身体紧紧地拥在一起，两人的大腿和小腿都互相缠在一起。起初甘加仍然懒洋洋地毫无反应，但随后便把头倚靠在他的肩膀上，头顶着他的耳朵和脸颊，用她自己的头把他的头顶到一边，仿佛想钻进他的身体里。迪内希的右臂从甘加的肩部降到她的下背部,手掌放在她的脊骨上,然后向前倾斜,左手越过她的肩膀,这样他就可以用两条胳膊搂抱她全身。他的右手从她那细得几乎只用一只手就可以捧起来的下腰部往下移,把他们的身体拉得更近了,近得连他们敏感的膝盖都紧紧地贴在一起。他们彼此越贴越近,越贴越紧。甘加的身体似乎突然要往前倾,要往前倒下去,迪内希也出于本能,松开抱着她的双手,却没有完全放开。两人都侧身躺到床上,脸对着脸,他们的头超出土枕头一点点,他们的身体第一次完全暴露在彼此面前,两人的胸脯,还有他们的腰和脚,微微靠在一起。迪内希的手仍然搂着甘加的身子,他想把她拉得更紧一些,这样他就能感觉到她的乳房透过她的上衣贴着他,虽然他们几乎脸对着脸,近得完全可以进行眼神交流,但他们却彼此躲避目光相触,他只盯着她的脖子,而她只盯着他的肩膀,仅仅这样就足以使迪内希犹豫不决。

他们已经结婚了。从某种意义上来说,他们有欲望,第一次想让自己满足自己的需要,这都是很正常的。迪内希想确定甘加是不是真的有这种感觉。甘加把头靠在他身上,好像是为了更靠近他,她嘴巴张开,眉毛放松,好像是想投入他的怀抱,但也许她只是觉得这是她的义务,因为他现在是她的丈夫,而她是他的妻子。当然,很难想象甘加是在逢场作戏，她似乎太直率，无法以这种方式来掩饰自己的感情，但如果不是这样，同样也很难，甚至更难以想象她真的被迪内希吸引了。迪内希抬起右手，犹豫不决地用食指和中指轻轻捏住她的袖口。他轻轻地抚摸她的上臂，从肩膀上方摸到肘部，从手臂往下移动，然后下降到腰部曲线上，继续摸到臀部。甘加的身体一会儿僵硬，一会儿放松。她更靠近他，脚趾贴在他的小腿上，大腿的上半部贴着他大腿的上半部，柔软的乳房摩擦着他的胸部。从某种意义上说，如果现在甘加不想做爱，迪内希甚至都不会感到难过，反倒会如释重负，因为，虽然他想做爱，虽然他知道自己想要在死之前体验做爱的感觉，但他很难知道，即使经过了这么多年的等待他才有现在的机会，他自己是否真的有做爱的能力。这并不是说他认为甘加不漂亮，也不是对她没有任何生理上的欲望，甘加每呼吸一次，腰就凹进去一次，而迪内希每次都会感到一种不可否认的冲动，想要紧紧地把她搂在怀里，靠近她。但与此同时，他这种欲望并不完全是一种性冲动，这种想要紧贴着她的欲望，或者至少不是完全的性冲动，因为即使她呼吸的热气直喷在他的脖子上，乳房沉重地压在他的胸口，腹股沟紧贴着他的腹股沟，他们两人的躯体之间只隔着两层薄薄的布，他仍无法感觉到自己双腿之间的任何硬度。他已经很久没有感觉到它硬过，真的，但他清楚地记得，在过去，他常常会在事先没有预兆的情况下感觉它变硬起来，顶在短裤或纱笼的布上，感觉到它不仅越来越重，而且越来越硬，简直快感觉到痛了，感觉到身体的其余部分变得相对软弱无力。但是，他现在可以毫不费力地感觉到，尽管他的双腿之间变得越来越沉重，但由于某种原因，他没有感觉到任何硬度。甘加已经用两只胳膊搂住他，他们都紧紧地抓着对方，甘加紧紧地贴着他，他也紧紧地贴着，他们紧紧抱在一起，几乎没有任何空间可以让他们推开或抗拒对方。迪内希闭上眼睛，想要集中注意力，尽量紧紧搂住甘加那起伏的身躯，紧贴着她那起伏的乳房和低垂的腰部。他试着去想她那纤细的后背和凸出来的锁骨，以及她在认识自己一天后想和他做爱，而不是和其他人做爱的事。他试着去想，她是活生生的人，她皮肤下面的血管里正流着血，她体内自然而然地存在着整个世界的思想和感情，他想以任何可能的方式帮忙关心、照顾和保护她的思绪和感情。他的双臂紧紧地搂着甘加，想以某种方式把自己的想法传递给她，让她知道他强壮有力，可以为她做任何她需要他做的事，让她知道她可以幸福地和他一起生活。那就是他想让她知道的一切，他知道，如果她感觉到这一点并且相信，那么一切都会好起来的，他两腿之间软绵绵的东西会硬起来，他们可以像已婚夫妇那样在新婚之夜做爱。迪内希把头稍微从甘加的脖子上抬起来，把自己的太阳穴贴在甘加的太阳穴边，想听一听，似乎如果能使他们两人的脉搏同步，能测量出他们两人脉搏节奏的差异，他便能发现她的想法是不是与他的一样，无论她是否相信他能够照顾她，她是不是也想要这样。当甘加把一条腿插入他的双腿之间时，他皱起了眉头，当她用脸摩挲他的脸时，他紧紧闭上眼睛，尽最大的努力去集中精神，但是没法集中。即使他把太阳穴贴在她的太阳穴上，也无法得到什么迹象，除了她那坚硬的头颅什么都没有，只有那实实在在的、像墙壁一样的硬邦邦的头骨。因此，他挺直身子，双手紧紧搂着她，最后把嘴唇贴在她的耳边说话，声音很小，有点颤抖。

"我们结婚你高兴吗？"

甘加不动了。

也许她没听到他的话。轻声地，他又重复了这个问题。

"我们结婚你高兴吗？"

甘加把头往后仰了一点。

"你是什么意思？"

"我们一起待在这里你高兴吗？"他们的身体仍然压在一起，但现在都已经完全僵硬了。甘加皮肤的温度和湿度似乎散发殆尽,似乎什么都静止不动了。

"有什么好高兴的,又有什么好难过的?"

迪内希的胳膊从她背上轻轻地松开了。

"既然事情发生了,我们就得接受。幸福和悲伤是对那些能够控制在他们身上所发生的事情的人而言的。"迪内希的双手和双腿都软绵绵的了。甘加仍然和刚才一样,接着慢慢地从他的双腿中间抽回自己的腿,因此他的双腿再次并拢在一起。他能感觉到他的小腿之间有一层厚厚的汗水,他身下是纱丽的湿漉漉的褶皱,现在因为他们的那些动作把它弄得乱作一团。他的胸口不由自主地在下沉,仿佛他正在失去呼吸,而他的阴茎所获得的轻微的沉重感正在消散。他又试着去想甘加的身体,去想她那纤细的后背和下垂的腰部,但是他的阴茎一直在缩小,一直从他的两腿之间缩进去。迪内希缩紧腹股沟深处的肌肉,这块肌肉在紧张的时候会轻微地抽搐,在正确的条件下这种抽搐可能会引起他年轻时就知道的事——勃起。他开始缩紧这块肌肉,再一次,然后第三次,但没有任何希望了,留下来的只是后悔。甘加的呼吸越来越平稳,两条手臂现在只是松散地搭在他身上。无论怎么用力,迪内希对自己的所有感觉,只是他的双腿之间一次难以察觉的颤抖。他又用力一次,但感觉更差,然后再用力一次,什么都感觉不到了。

他的身体毫无能力,仿佛已经耗尽全部精力。他把头深深地伏在甘加的脖子里,伏在她的锁骨和脖子之间小而隐秘的空穴里,出乎意料地哭起来。

# 七

迪内希哭得浑身发软，哭声变成了呜咽，然后又变成了无声的战栗，他才开始感知到自己的声音，或高或低，就像一种无声或低沉的喊叫从离他们躺着的地方的不远处传来。这让人感到吃惊，并不是因为空地周围的丛林在夜间总是寂静无声，即使在白天，一般也都没什么声音，而是因为那使他意识到了更普遍的事实——整个世界一直存在于他身体之外。他的脸仍然伏在甘加的脖子上，他们还躺在铺着纱丽的床上。他的手臂松垮垮地搭在她身上，她的双手也搭在他身上，周围的树木仍然把冷飕飕的气流喷到他的皮肤上，但是，在他哭泣的那段时间里，仿佛他是那里唯一的东西似的，仿佛世界上没有其他东西，只有他那羸弱的身体和小而疲软的阴茎。在迪内希更早的生活中，他的阴茎不必依赖努力就可以变长发硬，当时它所占据的空间比分配给它的要多，可它现在已经缩小成这样，迪内希都无法再在两腿之间感觉到它了，就像一条被截的肢体，只是看上去还在罢了。有意思的是，在他看到和经历所有的事之后，这是最后一件使他哭起来的事。他甚至不记得母亲去世时他有没有哭过，他和母亲的关系比和其他任何人都要亲近，但他可能没有因母亲的死而流泪，可是许多个月后，阴茎不能硬起来这件事就可以让他眼睛里的泪腺鼓起来，让他的喉结缩进喉咙。他早已知道他不应该屈服于压倒他的冲动，他应该克制自己，至少在甘加面前应当克制，但是，在他想要忍住之前，泪水就哗哗地沿着面颊淌下来，而且，他显然无法不让自己哭出来，哭泣在某种程度上成了他的慰藉，因为他真的想让所有一切都溢出来，让自己事实上完完全全地忘却一切，所以他一直想着他那根软绵绵地垂在衰弱不堪的躯体上的阴茎，想象自己把它轻轻地卷在一块四方形的纱笼里，把它埋在地里。他哭得越来越大声，越来越为他的身体而哭泣，所以他的胸部开始痉挛，躯体的每一部分都在颤抖，直到最后完全迷失在自己的哭泣中。

他八九岁时母亲曾经打过他一次，他已经记不清因为什么事被打，只是记得当时他挨打是不公平的，他不应该被打。他含着眼泪从厨房跑到他与哥哥、奶奶一起睡的卧室里关上门，这样就可以一个人待着，然后躲到奶奶睡的木床底下的黑暗空间中。地板和床框之间只有大约半英尺高，但他很瘦小，设法手脚并用爬进去。他鼻孔里充满灰尘的干燥气味，头顶在支撑着床垫的床板下。他慢慢地转来转去，祈祷似的用双脚蹬着墙脚，额头磕在冰冷坚硬的地板上哭着，因为他受到了不公正的伤害，他逼着自己流泪，不仅为刚才发生的事情而哭泣，也因其他事而哭泣。他一件事接一件事地回忆起过去母亲是怎样伤害他的，虽然他知道自己也许并不是有意识地想起每一件事来，使自己一直哭下去。不难理解他为什么要让自己迷失在哭泣中，因为为自己而哭终究会让他感到自我满足，哭泣是照顾自己的一种方式。哭泣与某些痛苦有关，他说不清为什么要躲起来哭，为什么不能在大庭广众之前哭。也许是因为，在为自己而哭时，你承认了自己容易受到伤害，承认了无论你做出什么努力，摆出何种姿态，你都会受到这个世界的伤害。在其他时候，你咬紧牙关，眼光无神，或假装对什么都不在乎，你以此设法保护自己免受一切对你造成的伤害，但在为自己而哭的时候，这些都被你放弃掉了。也许为了忍受与世界的痛苦接触，你需要在一个安全的地方哭，在一个你不会受到伤害的地方哭。也许，他需要躲起来并不是为了保护自己,而是因为,他之所以愤怒,是因为不公正,因为与世界上其他的不公正相比,母亲对他的不公正都是微不足道的,没有什么真正的理由让他来为自己哭泣。也许这就是为什么,随着年龄的增长,人们不再为自己而哭了,因为只有当一个人忽视其他人的痛苦,或者至少假装那种痛苦并没什么时,才会为自己流泪。你越长越大以后,就越难以忽视别人的痛苦,因为你看到了更多的生活,越来越成为世界的一部分,越来越难以想象你所面对的痛苦是别人所没有的,需要引起特别的注意,这样就会放纵自己,除非你能假装没有其他人存在,或者你自己的痛苦和别人的痛苦不一样,所以,要哭,也许就得找个完全没有人的地方来哭,这样就更容易哭出来了。

很难说得清为什么他想把脸伏在甘加的脖子上,但在任何情况下,在他长时间迷失在痉挛的身体醉人的疼痛中,在他一直不断地排空眼睛中的泪水的过程中,一种温柔而诱人的疲惫涌上他的全身,并且他第一次听到了压低的声音在远方起伏。迪内希突然想起来,躺在他身边的是他刚刚与之结婚的姑娘,一个蒙受了比他最近所蒙受的痛苦多得多的人,他们躺在丛林里面一个空地上,躺在一个挤满成千上万的逃难者的营地东北部,总之,有那么一个存在于他之外的世界。他们的躯体依然轻轻地压在一起,甘加的手臂仍然松垮垮地搭在他身上，似乎仍然不知道该怎样应对所发生的一切，不知道是要安慰他还是让他去哭。迪内希突然因为自己专注自己太久，因为他在甘加的脖子上寻求安全感而感到羞愧，本来应当是他来慰藉甘加的。迪内希浑身僵硬，尽力想克制遍及全身的冷战。他把头从甘加完全被泪水湿透的脖子上抬起一点，这样他们的脸和脖子就不再相互接触，但即使这样，他们仍然不能互相对视，他不确定他是否真的听到了什么声音，或者他听到的声音只是出于他自己的想象，他闭上眼睛，想听清楚。呼叫声再一次传过来，声音在树冠下回荡，飘然而逝。甘加的身体在他旁边稍微挪动了一下，似乎她也听到了，但迪内希尽量保持不动。他想看着甘加，核实一下她是不是也听到了从丛林那边传来的声音，那声音来自离空地不远的另一片丛林，似乎离北部或西北部有十五到二十米的距离，但是，看着甘加也就意味着他承认他哭了，这是他现在还没法做到的事。

　　声音又出现了，这次持续了一会儿才消失。甘加动了一下身子，这一次很果断，仿佛她想走，别无选择，但得对声音做出反应。迪内希用衬衫袖子抹抹眼睛和脸，然后用手肘撑起身子，小心避开和甘加目光对视。甘加从他身上抽出手臂，弯起双腿往前坐起来，头靠在自己的膝盖上。

迪内希一直迟疑不决，他是不是应该说些什么话来道歉，是不是应该想办法解释一下他为什么哭得那么伤心，但他不知道该说些什么，而且，不管怎样，从甘加脸上的表情来看，似乎什么事都没有发生。似乎她想假装她根本就不在，或者这件事根本就没有发生过，似乎她不必看迪内希就能感觉到他正在想要不要提这件事。甘加转过身来，先发制人地开口了。

"那是什么声音？"

迪内希摇了摇头，看着甘加，然后迅速挪开目光。"我不确定。"

声音又传过来了——分不清是呼叫的声音、说话的声音，还是哭泣的声音——这次拉得长长的。有二三十秒钟的寂静，仿佛声音想要休息，重新聚集力量，接着，声音再次响起来。

"你以前听到过这种声音吗？"

"没有。从来没听到过。"

迪内希知道，猛虎组织中的任何人都不会发出这种声音，因为那些骨干分子的活动从来都是静悄悄的。有可能是营地里的某个伤员，不过，如果他在晚上的这个时候还要硬撑着走到那片丛林而不是去诊所或医院，那就太奇怪了，或者，他已经在那里待了一段时间，现在才开始呻吟，因为早上的最后一次炮击很早就开始了。不管这声音是从什么地方传来的,迪内希都突然觉得很紧张,因为即使这声音不是来自某种危险的东西,那些骨干分子迟早都会听到,然后会去搜索那片丛林,在这种情况下,他们也可能会来这块空地。如果那声音相对较快地停下来,那么,他们冒着风险静静地躺在那里等着也许是有道理的,但是,如果那声音再继续下去,最好尽快找出那是什么,看看能不能尽快采取什么措施。那声音的来源可能会引起某种骚动,他们根本不知道那到底是什么,如果迪内希小心一点,可以在相隔一段距离内就弄清楚。即使什么事都没有,至少他们可以有个平静的心态,知道他们正在应对什么,而不是在今天晚上接下去的时间中因为疑惑为什么有这种声音,以及他们是否处于危险之中而焦虑。而且,如果甘加看到他愿意去弄清楚这到底是怎么一回事,就会意识到他并非毫无用处,而是会认为他有能力,可以依靠他。也许甘加就会忘掉他哭过的事,或者只是认为这是某种例外,也许去弄清楚这件事后甘加会再次尊重他。迪内希坐起来,看着甘加。他先犹豫了一下,然后尽量带着信心开口了。

"你干吗不在这里等着?我去看看是怎么回事。"

甘加一声不吭。

"如果我没有马上回来,别担心,我会小心的。我很快就会回来。"

甘加点点头,表示接受他的主意。她脸上的表情稍微轻松一些了,迪内希忍不住觉得,究竟是因为声音一直在困扰着她,还是因为她更想自己待一会儿。然而,考虑到正在发生的事,这是很自然的。迪内希站起来,要等呼叫声再传过来时再出去,这样他就能找到方位。他准备离开时尽量带着自信的微笑,又一次看了看甘加,然后慢慢地摸索着,走过床前的蕨类植物,走进浓浓的夜色中。他紧抓着树枝和树干支撑自己,盲目地跟随着起起落落的声音,尽力要记住自己的位置,因为他没走平常的路,在黑暗中很难找到回去的路。他在短暂的寂静间歇停下脚步,打起精神等了一会儿,然后,当声音又传过来,他重新校正了一下方向,继续往前走。他走近发出声音的地方,声音变得不那么沉闷和压抑,在空气中更有节奏、更加清晰地升高降低,开始听起来更像是一种蜂鸣或警笛声,但很难判断那是什么。那不像人的声音,尽管这种尖锐的声音中带着一种脆弱的暗示,就像一个任性的孩子哭着不愿承认自己的艰难处境。迪内希走近声音时放慢了脚步,蹑手蹑脚地,小腿开始抽搐,终于靠近了声源。他停下脚步,屏息静气,害怕有人知道他在那里。声源就在他面前几米远的地方,响了几秒钟后就消失了。声音是从长在一棵树下的蕨类植物中发出来的,也许是从蕨类植物覆盖下的灌木丛里发出来的。迪内希第一次意识到,发声体非常小,可能是某种小动物,比猫狗还小,甚至可能只有松鼠那么大。在此之前他一直紧张不安,不知道该期待什么,现在他憋在胸腔里的气呼了出来,他平静而迅速地走向灌木丛。刚刚开始再次响起来的声音突然消失了。迪内希慢慢地趴下,把手伸进灌木丛,似乎担心里面有什么会咬人的东西,他开始小心翼翼地在树叶上摸索。他几乎立刻注意到某种隐藏着的东西的轮廓,把叶子拨到靠着他的这一边。他把头贴近地面,眯着眼睛,让眼睛适应一下黑暗,然后慢慢开始观察。

地上的一边,水润润的眼睛,没有动,不大像是小鸡,但也没有完全长大,是一只小小的黑乌鸦。它弯曲的黑喙在叫的时候半张着,两条细树枝似的黑脚从身体侧面伸出来。它的头很小,还没有发育完全,以奇怪的角度贴在身上,直接连在翅膀上,似乎是脖子断了或是躯体受到严重损伤。可以看得到的翅膀也有某种问题,不是处于正常的位置,发皱的羽毛不是整整齐齐的,蒙上了一层奇怪的黑色光泽,似乎是干了的血。它身下的土地上有一撮发光的黄白色东西,很可能是鸟粪。这只乌鸦至少在那里躺了几个小时。可能它在炮击时从附近的一棵树上掉下来,虽然最近并没有炮弹落到丛林里。更有可能的是早上落到营地的一枚炮弹炸伤了它,然后它设法飞回丛林,从空中掉了下来。迪内希拨开乌鸦周围的蕨类植物,让更多的光线照进来,就在他这样做的时候,乌鸦的翅膀扑扇了一下。他用一只手在乌鸦头上挥了一下,乌鸦的翅膀又扑扇了两下。迪内希不记得他最后一次看到鸟是什么时候。他不记得在过去几个月里曾见过一只猫头鹰、苍鹭、杜鹃、鹦鹉或麻雀,他甚至连一只乌鸦都没看见过,似乎它们早就注意到了战争的迹象,飞得远远的,只剩下那些迷茫的或生病的鸟和逃难的人待在一起,被炮击所带来的巨响和热浪吓得叫不出声。

迪内希一动不动地趴在地上,望着那只乌鸦又小又湿、长得特别圆的眼睛。他看不出它是不是也回过头来看他,但它张嘴开始发出声音。不是此前那样刺耳的高低起伏的叫声,而是一声轻柔而疲惫的喘息,是一种老人发出来的声音,而不是孩子的,似乎它终于引起了另一种生物的注意,终于可以不必再那么大声地持续地叫了,它终于可以自由地栖息在自己的痛苦之中。迪内希不知道为什么它一开始要用那么大的力气来呼叫,它认为另一种生物现在能为它做些什么呢?迪内希没有食物能喂它,也没有办法来治疗它的伤。如果他不能把它从苦难中解救出来,就只好让它自生自灭。如果迪内希杀了它,他就可以让它从最后的一阵困苦中解脱出来,如果迪内希离它而去,它只能无可奈何地继续受苦,最后一死了之。迪内希把脸更贴近乌鸦丑陋的脑袋,认真地看着它那弯曲的黑喙和小小的湿润润的眼睛,看着它的黑色羽毛和羽毛下面依稀可见的浅粉色皮肤。如果迪内希想让它一命呜呼,他可以把那只乌鸦的空空的脑壳捏在拇指和食指中间,把它捏碎。他可以把乌鸦的脑袋捏得碎碎的,在他的手指之间毁灭它的生命,让它的血和脑浆从嘴里流出来,尽管这也许是最仁慈的做法,但是迪内希知道自己下不了手。他想让乌鸦继续活下去,让它继续存在,即使它非常痛苦,乞求自己能被杀掉。不管迪内希是否杀死它,它很快都会死去,因此,它可能会再有一点时间来体验并记住自己死前的生活是什么样子的。迪内希放开拨着蕨类植物叶子的右手,用食指的指尖抚摸着乌鸦的脑袋,在潮湿的黑色羽毛下,乌鸦的脑袋就像鸡蛋一样又空又容易破。也许它想要的只是陪伴。也许它根本不想让迪内希结束它的生命,也许它一直在黑暗中呼叫,只是为了想要有什么生物在它面前停留一会儿。

乌鸦慢慢地眨了眨眼睛,迪内希又一次抚摸着它,似乎是为了让它放心,告诉它,他会和它在一起再待一会儿。他轻轻地把剩下的叶子放回原来的地方,使乌鸦再次处于蕨类植物的保护之中。他感觉到身后的地面,慢慢地往后躺下,膝盖向上弯着,后背和脑袋与身下的草、茎、叶、泥土合为一体。他不能让甘加等太久,如果他在这里待太久,甘加可能会以为发生了什么事,会离开那块空地出来找他。然而,在乌鸦旁边再躺几分钟可能并没有什么害处,这不仅是为了给另一个生物带来小小的慰藉,而且也因为,如果他马上离开,乌鸦可能会注意到,就会再次大声鸣叫。如果迪内希在这里待一会儿,也许,在他短暂停留的时候乌鸦完全可以平静下来,他离开时乌鸦就会保持安静。不管怎样,只是躺在乌鸦旁边,躺在新发现的丛林那难以名状的黑暗中,也是很愉快的。这种感觉就像找到一个避难所,就像他无法控制自己,久久地伏在甘加的肩膀上痛哭之后,终于找到一个地方让他振作起来。他自己的哭泣的回声仍然使他的内心隐隐作痛,在那片柔软的土地上躺一段时间,在一切都沉寂下来后,在他的身体开始更充分、更完整地容纳哭泣的回声之前,他可以等待,可以倾听,这样,在他回到那块空地,再一次躺在甘加身边时,他就会平静下来。

很久以前,某天下午或晚上,当时迪内希十三四岁左右,他在家里的主室里,坐在哥哥离开学校去参加猛虎组织之前学习时所坐的书桌前读书,他转过身看着对面墙上的时钟，不经意瞥到桌脚边有一只壁虎。白天看到地上有一只壁虎有点异常，但他在认真学习，没有多加注意，当时他一直在为年终考试忙碌着，沉浸在作业中。一个多小时后他放下练习本，靠在椅子上休息，低头一看，发现壁虎还在那，依然在刚才看到它的那个地方。它比普通壁虎大，大约有他的食指长，腿和腹部很厚实，平静的三角形脸上的黑眼睛溜圆溜圆的。迪内希拉起塑料椅子的后脚，把椅子重重地往地板上放，让椅子发出很大的声响，但是壁虎仍然待在桌脚边。迪内希从地面上抬起脚，俯身向下，打着响指想要把它吓跑。壁虎的眼睛睁得大大的，但出于某种原因，它拒绝移动。它的腹部急速扩张和收缩，透过半透明的乳白色皮肤，可以看到血正通过微蓝的血管快速流过全身。迪内希不知道是怎么回事，就拿起铅笔，拉开椅子，跪在壁虎后面的地板上。他用铅笔的橡皮擦头敲打壁虎尾巴后面几英寸的地面，但壁虎无动于衷。他慢慢把铅笔挪到更近的地方，在几乎挨着壁虎后腿处敲着，最后，他举起铅笔，小心翼翼但用力地去戳壁虎的后背。橡皮擦陷进了壁虎柔软而富有弹性的躯体，壁虎猛地一跳，想要逃走，在这个过程中，它的一条后腿奇怪地扭在身体下面，然后又一动不动了。它一直这样待着不动，迪内希再去戳它，壁虎用其他三条腿开始在地上拼命跑。那三条腿把壁虎的身躯和那条扭曲的腿拖了短短一段距离，但跑到离原来的位置不到两英寸的地方就停下不动了。壁虎显然是受了伤。它的左后腿动不了，因此，壁虎也就不能动了。不知道它是怎样跑到桌脚边的，但不可能是它自己跑到那里的。迪内希靠近那只受伤的动物，低下头看了看它那毫无力气的腿，那条腿在最后的一系列动作中不经意地恢复了正常的姿势。那条腿看上去与其他三条腿没有什么不同，它从壁虎柔软的乳白色身躯中长出来，尽头是一个小小的垫状的蹼，上面有五根小小的圆脚趾突出来，五根脚趾都一样长，不到一毫米，每一根都柔软纤细，似乎不可能被替代。

迪内希想要继续做作业，但他很难集中注意力，因为他知道壁虎就躺在地上，失去了活动能力。如果他不知道壁虎的事，那壁虎待在那里对他而言什么问题都没有，可现在他知道了，就不仅使他心烦意乱，而且使他感到恶心。壁虎是那么柔软，那么脆弱，它那双眨都不眨的眼睛是那么绝望。如果它一动不动，它那强壮而厚实的身体就是生命力的体现，但是，它有一条看不见的残腿，甚至使三条健康的腿都派不上用场，无法履行最基本的功能。似乎它希望通过一动不动来让潜在的食肉动物认为它是健康的，认为吃不到它。当然，它一定知道，它必须被动地接受一切后果。迪内希没法再忍受下去，拉开了椅子。他翻开练习本，撕下一张写过字的纸，然后趴到地上。他用铅笔把壁虎推到纸上，然后小心地用纸夹住壁虎身体两边，不让它动，慢慢地站起来，走到外面——他一直感受到那只壁虎在纸上的重量——然后把它倒扣过来放在花园远处的草地上。他转过身迅速跑回屋里。他不知道他坐在桌前时壁虎会不会很快就被一只老鼠或乌鸦撕成两半，不知道因为他所做的事，他是否得待在那看着，在它柔软的躯体被鸟喙或爪子撕开时不予干预。如果他没那样做，至少在他看书时壁虎可以得到他的保护，也会得到房子的保护，但显然它迟早会遭遇同样的命运，迟早会有某种生物在桌脚边找到它并扑向它。迪内希知道壁虎还活着，气息奄奄地躺在草地上，要过一阵子才会被其他生物看到，但知道它快要死了，至少比看它继续活在那种可怜的状态中更好受一些。

这两种情况在某种程度上有着微妙的差异，因为乌鸦与壁虎不同，迪内希现在根本不在乎自己是不是待在受伤的乌鸦旁边。他并不想结束它的生命，或把它从它待着的地方挪开。恰恰相反，乌鸦的叫声使他安宁，乌鸦的出现使他得到安慰。也许壁虎眨眼的绝望和急促的腹部跳动使他感觉很难接近壁虎，而乌鸦则没有显得那么绝望，或者，认真想起来，更有可能的是这两种情况实际上都差不多，只是迪内希自己改变了而已。无论是什么样的情况，让迪内希高兴的是他知道待在蕨类植物叶子下的乌鸦还活着，知道在他回到空地后的一段时间里它还会在那里，知道它有机会把这段时间消磨在这个躯体里，而它已经与之待了这么长时间了。迪内希仍然想让它回想自己的生活，即使那是苦涩的，因为它将以一种以前本可以避免的方式独自待下去。即使这只乌鸦已经开始回想了，即使这是自它因精疲力竭而从天上掉下来以后一直在做的事，迪内希觉得，如果继续这样下去，那也没有什么害处。

迪内希舒展双臂，默默地打了个哈欠。哭泣使他筋疲力尽，如果他在那里多躺一会儿，他就有可能睡着。他懒洋洋地站起来，呆呆地站着，让起身时那阵头昏目眩的感觉消失。他伸了伸胳膊，又打了个哈欠。他觉得自己的眼皮很重，有点肿，但躯体的其他部分轻得让他感到吃惊，似乎哭泣之后，积聚在眼睛后面的深井里的水都被抽光了，躯体现在已经减轻了大部分重量。迪内希看了看那些遮住乌鸦的蕨类植物，然后轻手轻脚地朝旁边几英尺处的一棵树走去。他左手拉起他的纱笼，右手把阴茎捏起来抬高。阴茎仍然很小，不可能变得更重或更硬，他闭上眼睛集中精神抽动一下，涓涓细流从里面冒出来。他再使劲抽动一下，睁开眼睛，看着一条长长的无声的小溪跃然而起，在空中画出一条弧线，然后重重地拍打着树皮和树底下的植物的叶子。他用手从左到右轻轻地指挥溪流的方向，满意地听着它落在不同植物叶子上时淅淅沥沥的声音，然后把阴茎向上拉得更紧，看能撒得多高多远。他想控制得尽量久一点，但弧线的弧度逐渐缩小，越来越低，越来越近，分成两条较小的溪流，然后逐渐减少为最后一滴。迪内希甩了一下阴茎，重新包好纱笼。他回头望着那些蕨类植物，好像是要对乌鸦说他要走了，有点遗憾，但很高兴他能留下一些自己的东西来陪伴它。

找回去的路比他所担心的要容易得多，迪内希在昏暗的天幕下默默地走着，开始感到令人奇怪的平静，他已经有一段时间没有这种平和的心境了。似乎他的体内藏着某种珍贵的东西，似乎肋骨之下的身体内有一个封闭的空间，里面藏着这个小小的易碎的东西，极为珍贵，他身体的其他部分，眼睛、耳朵、手和脚都只是为了维持这个东西而存在的。他感觉到，他所需要的一切可能性都包含在里面，通过它，他越往空地走前一步，他就越自主、越能自我维持，在某种程度上独立于他的外部世界。确实，他和甘加还没能做爱，也许他就是因为让她失望了才痛哭流涕，但现在他们已经结婚了，是彼此生活的一部分，至少在某些方面她似乎喜欢他。虽然发生了这件事，但也许她还是会继续喜欢他，如果这样，他们很可能将来也会有机会再次做爱，也许是在第二天晚上，如果不是，那也许是在第三天晚上。他们还没能维持在他们之间通过简短对话而形成的联系，但他们也有机会在第二天再说话，如果不是，也许是在第三天，他们有机会养成一种习惯，让他们甚至不必开口说话，就能共同生活在同一个世界里。当然，他们中有一人甚至两人，有可能在战争结束之前就被炸死了，但也有可能都幸存下来。他们中的一人或两人会受伤，为了活下去将不得不截掉一只手或一条腿，但能安然无恙地活下去，至少是生理上的。不管是哪一种情况，他们都可以生活在一起，可以找到某种工作，一起睡在同一个地方，他们可以躺在一起，生活在一起。不能保证事情会这样结束，没有办法完全确定，但无论是什么样的情况，无论是什么样的可能性，迪内希都忍不住觉得，他对他所需要的一切都胸有成竹，所有重要的东西都被密封在他的体内，他不再需要为任何事而担心。

他走到空地的边缘，看到甘加正跪在床边，俯身在米色袋子上仔细翻看着，显然是在寻找什么东西。她听到迪内希走在蕨类植物上的脚步声时，她不再找了，抬起头疑惑地看着他走到床上。迪内希很想知道她在袋子里找什么，但犹豫了一下。他还没来得及开口,甘加就先说话了。

"是怎么回事?"

"那只是一只乌鸦。"迪内希平静地说,一边脱下拖鞋,跪在土枕头旁边的纱丽上,"不知怎的,它受伤了,所以一直叫唤着。我认为它的翅膀在炮击中受了伤。"

"我就想着它肯定是某种动物。你干什么了?"

"没什么。我到了那里它就不再叫了。"

"为什么去了这么长时间?"

"我想我应该在那里等一段时间,确定它不会再叫。怎么了?你担心发生什么事吗?"

甘加端详着他,虽然很难知道甘加正在想些什么。她摇了摇头。"没有。我只是想知道为什么要去这么久。声音停止时,我注意到了,我以为你会马上回来。"

"什么事都没有。我想确定它不会再叫,所以我就坐在它旁边。我想也许它只是想要有什么陪着它,如果我和它在一起待一会儿,它就不会在我离开的时候再叫了。"

甘加低头看着膝盖。过了一会儿,她又抬头望着他,然后说话了,声音轻柔而平稳。"如果它的翅膀受伤了,最好还是把它杀了。如果鸟不能飞,那是无法活下去的。"

"我也这样想过,"迪内希说,他稍微挪动一下身子,"但我不想杀死它,我不知道为什么。不是因为我害怕。如果我不得不那么做,如果它还吵吵闹闹的,我早就动手了。我只是觉得,如果它很快就会死的话,它可以再活一段时间。"

甘加凝视着他,然后摇了摇头,好像在说她的感觉并不一样,但如果再继续谈论这个问题也没有什么好处。她默默地低头看了一会儿自己的双手,然后转向那个还打开着的米色袋子,开始重新整理里面的一些东西。迪内希觉得,她所说的话或所做过的任何事,都没有迹象表明她对他哭过的事还念念不忘。他唯一能感觉到的变化是,她现在听起来比他们以前说话时更有耐心了,并不一定不那么拘谨,却温和一些,似乎他走了以后,她决定不再对他那么严厉了,似乎是她需要照顾他,而不是由他来照顾。甘加默默地拉上袋子的拉链,然后走向岩石,伸展双腿背靠在岩石上。透过树叶间的空隙,她躺在纱丽上仰望着深蓝色天空。迪内希还想问她,他回来之前她在包里找什么,但她看上去好像在沉思中,迪内希可以感觉到她不想被打扰。迪内希仍一动不动地盯着她看了一会儿,然后在床上靠他那一侧舒展身子,躺了下来,这样他就可以和她平行地躺在一起了。他们的身体靠得很近,但没有接触,他身下透气的纱丽使他那潮湿的双腿的皮肤凉了下来。他可以从头上的黑暗中辨认出树叶和树枝的轮廓,而甘加也和他一样，透过这些树叶和树枝之间的空隙，迷失在同一片天空中。

迪内希呼着气，把头往后仰，身体松弛。自从他们结婚以来，他第一次对默不作声地生活在一起的前景感到无忧无虑。他内心仍然感到平静，虽然，如果他知道甘加心里在想些什么会更高兴，但是现在他似乎没有必要把自己保持在他存在的表层，保持在他的嘴唇和指尖的水平。他甚至比此前更疲惫了，他的身体开始感到沉甸甸的，最沉甸甸的是他的头。他现在最想要的是平平地躺在地上。他跟甘加的谈话和互动并不是非常急迫或重要的事，他们不再需要永远保持接触，没有保持接触就意味着分手也不再成立。他们现在结婚了。他们会有更多的机会交谈，了解和接近对方，迪内希在未来会有时间向甘加表明，她可以相信自己有能力养她。迪内希深深地吸了一口气，听着自己的胸脯在轻轻地起伏。在他身旁，甘加的胸脯也以她自己的节奏一起一伏，但并没有与他的起伏相冲突，而是在他们安顿下来以后温暖的、耐心的沉默中平和地相互交织。不像他们早些时候相处时那种脆弱的，而且需要做出很大努力来维持的亲密的沉默，也不像他们结婚后彼此站在一起时的那种紧张的沉默，当另一个身体奇怪地、崭新地出现而使得退缩不再可能时，现在他们周围的沉默有些不同了，不那么挑剔了。这种沉默属于那些在某种程度上已经习惯了彼此的人，他们学会了如何在身体上接近，却又留在自己的世界里，在彼此面前保持自己的心境。迪内希高兴地让这种新的沉默不受干扰地继续下去。在空气进入他的鼻子，充实他的胸膛，在空气又从他的胸膛里呼出去返回大气中时，他闭上了眼睛。

当然，很难知道他和甘加将来会做什么，他们在余生中会怎样度过生活在一起的时光。确实，营地里的人在空闲的时候既不说话也不做其他事。但是，正常人通常都会用他们的时间去做事，迪内希知道，人们每天要么自己一人，要么和其他人一起做事。他脑海中浮现出政府军攻下贾夫纳半岛，他们被迫长期逃往大陆之前，他在孩提时去过的贾夫纳镇。他可以看到街上所有衣着光鲜的人，他们走着路、说着话、买东西、骑自行车、乘公共汽车、提着大包小包，总是目的明确，走得很快。在日常生活中，人们似乎总是带着东西。当迪内希还是个孩子的时候，这对他来说似乎并不稀奇，他认为这是理所当然的，因此从来没有停下来想过这些事，但是现在回想起来，很难知道人们到底带着些什么。雨伞，也许，如果下雨了；手帕，如果他们生病了；也可能是报纸，这样他们就可以在等待的时候看一些东西，可以知道世界上其他人都在做什么。当然，小学生必须随身携带自己的书、铅笔和橡皮擦，大多数人无论去哪里都会随身带一点钱，所以他们必须随身携带钱包，还有他们用这些钱所买的任何东西。毕竟，人们总是在买东西，这就是为什么镇上有那么多商店和摊档的原因。他们需要吃东西，所以他们买菜买肉，如果他们喜欢甜食的话就买糖果。他们得买木柴或燃气来做饭，买衣服、药品、扫帚，买厨房用的东西，买维持一个家所必需的物品。迪内希试着去想那些忙着做生意的人，他们做他们必须做的事，带着他们在一天中所需要的所有东西，其后也带着他们所需要的任何东西回家。他记忆中的场景里有那么多的活动，那么多的来来去去，总是有那么多人来来往往，乘坐公共汽车或骑自行车，乘火车或步行，这么多事，使他仍然有些难以理解其中的一些。他们都是从哪里来的，他们要去哪里，为什么总是那么急迫？这都很难说，因为那取决于特定的人、他们怎样谋生、和谁在一起，取决于他们在一天中的某些时间，在一星期中的某一天。然而，无论他们去哪里，人们要不就是回家，要不就是离开家，直接或通过中间目的地回家或离家。人们在外面的时候就会想回家，但他们在屋子里的时候又总是想出去，难道是因为不管这个家的主人觉得屋子有多么重要，它却并不是一个家，只是一个临时住所，一个人们可以在里面吃饭、休息和睡觉的地方，他们可以在里面安全地储存他们生活所需要的一切，这样他们就不必第二天从头开始一切？无论这个屋子让人觉得有多么重要或稳定，从长远的角度来看，它只是一个人们从出生开始直到死亡之前不断移动的用于临时休息的地方，但是，很难说为什么这种移动是这么重要，为什么尽管面对所有的障碍，人们仍要继续移动。

一阵清凉的空气拂过迪内希全身，使他的皮肤感到清爽，然后感觉消退了。他透过树冠仰望天空，胸脯一起一伏，慢慢地张开，慢慢地收缩，空气缓缓地进出。也许人们根本别无选择。也许他们不得不一直这样移动着，早上起床后一直忙到晚上。呼吸毕竟不是一种选择或习惯，不随你的意愿开始或停止。空气自然地进入了身体，然后离开，从第一次到最后一次呼吸，一直如此，因此也许在某种程度上，生活也是这样别无选择。空气将继续前进，到它没法再前进时就往后退。你饿的时候必须吃，你渴的时候必须喝。你的膀胱满了就得小便，你的大肠满了就得大便。脚必须走动，所以人们得去一些地方，他们便去了这些地方。手也必须工作，所以人们得搬东西，他们便抓着拿着这些东西。空气一直在前进和后退，胸部一直在一张一缩，一起一伏，也许这就是一切，也许这就是生命。如果你没有食物，你就不能再吃了，如果你不吃的话，你就不用再拉屎了。如果你的脚断了受伤了，或者被刺破了，被炸掉了，你就不用再走路了，手也是这样。所有这一切意味着，当你继续生活的时候，你所要做的事就更少了。就像空气不断进入和离开，进入身体，然后退出来，就像胸部不断起伏，不断收缩，最后也要静止下来，也许，当它发生的时候，就只是这样。迪内希慢慢地转过身，背对着甘加，看着外面，甘加已经转过身面对着岩石。迪内希的眼皮沉重，正逐渐盖住他那疲惫而灼热的眼睛，他的脑袋沉重地落在地上。他担心自己在床上占用太多空间，就把腿弯了一点，把身体蜷缩起来，慢慢向后靠近甘加，一点点地靠近她温暖而柔软的身体。甘加的背轻轻地靠在迪内希的背上，她的脚跟靠着他的小腿。迪内希默默地吸着空气，呼出空气，蜷缩着身子，缩着肩膀和脑袋，浑身感到疲惫不堪，一阵倦乏涌上全身，涌向松了弦的四肢。从某种意义上说，睡觉是一个人在活着的时候最接近于放弃外部世界的一种方式。可奇怪的是，人仍然需要在一个安全舒适的地方睡觉。人需要外部世界里可靠的东西，才能抓住或至少接触到它，就像一条被锚定的船，潜水员从海中浮上水面时，确信有某个可以指引他回去的地方。迪内希把左手搁在脑袋下，轻轻地往后缩了一点，这样就能更充分地感受到甘加的温暖和活生生的存在，更切实地感受到她在自己后背的存在,并在不知道历经多长时间之后第一次感受到这种安全感和慰藉,他慢慢地进入了一种深沉而寂静的睡眠状态。

# 八

一个声音从地球深处传来，一声深沉而柔和的回响，仿佛大地正在从下面呼唤他，迪内希把身体蜷缩成一个更紧的球。他缩着肩膀，缩着双腿，用搁在脑袋和土枕头之间的那只手抓着地面，似乎要和它更亲密地接触。寂静一阵之后，声音越来越大，也不那么柔和了，再次有了回响，这一次不仅在他身下，而且在上面和四周也有。他浑身又绷紧了，手更紧地抓住土枕头，似乎身体的某个部位感觉到这个世界正要把他从平静的睡眠中撬起来，他又一次缩起肩膀，把膝盖缩到胸前。他皱起眉毛，闭上眼睛，尽最大努力使自己远离一切试图渗透进来的外部事物，却发现他被困在睡梦和清醒之间，处于一种奇怪的潜意识的状态。当人在意识的黑暗种子中，生活的问题和复杂性被具化为一个在醒来和保持沉睡之间、在重新加入这个世界和继续退出这个世界的简单选择,虽然在某种程度上这种选择当然不是一个真正的选择,因为人迟早得醒过来。光线、噪音、饥饿或者是尿意迫使一个人起来重新加入这个世界。迪内希把脑袋伏在自己的身体里,聚精会神地敲着额头,试图暗示,让自己又回到无意识的状态,暂缓做出他现在被迫要做的选择,但是,他听到空气中从远处的某个地方传过来的一声轻轻的呼啸,一阵遥远的嗡嗡声慢慢地变成了呼啸声,似乎有什么东西从空中流畅而沉重地落下,呼啸的音调越来越高,他觉得身下的地面裂开了,他在裂缝中头朝下往黑暗中坠落下去。呼啸声越来越高,越来越刺耳,然后突然消失了。这种选择似乎是冲着他来的。就像一个水桶长时间浸在井里,突然被绳子猛拉起来一样,他睁开了眼睛。远处传来一声巨大的爆炸声。

一片漆黑,周围异乎寻常的寂静。迪内希仍以原来的睡觉姿势躺着,有点困惑。渐渐地,远处丛林边缘的寂静被人类压抑的哭叫声打破了。他转过身,头靠在胳膊肘上。他眼睛肿了,昏昏沉沉,就像破碎的玻璃。他想躺下,闭上眼睛,但他知道发生了一些事,他得注意。他揉了揉眼睛,用手摸了摸头发,然后想起来,他已经结婚了,所以他转身看了看甘加,她却不在了。迪内希躺在床中央,而甘加并没有像他们上床时那样躺在他和岩石之间,床上铺着的纱丽,甘加躺着的那边和他这边的褶皱连在一起,似乎本来就没有人躺在他旁边。从营地的方向再次传来呼啸声,音调比前一次更高,更明显。接着又传来几声,每一声都压倒了前几声,然后是爆炸声,每一次爆炸声都比前一次的更大,更具有横扫一切的气势。爆炸声主要是在营地里,但是越来越接近丛林这边了。迪内希不安地坐起来环顾四周。黎明前的那种几乎极致的黑暗笼罩着空地,但是他可以看出仍然放在岩石旁边的水瓶、平底锅和床边的那个米色袋子。他开始觉得胸的下部好像受到猛击,极不舒服。他趴到地上,沿着床的边界看看甘加原来放在那里的拖鞋,但没有找到。他赶快站起来,头晕目眩地往后靠,扶着那块岩石来支撑自己。他双手扶着岩石,拼命想站稳。他一直等到确定自己能站起来后才直起身,有意慢悠悠地环顾着空地,似乎他只是因为某种莫名其妙的漫不经心才没有看到甘加。他尽力保持冷静,双腿跪在地上,用手掌拍了拍甘加早些时候躺在上面的那一段纱丽,用双手来确定眼睛所看到的东西。当然,甘加可能只是需要去解个手,很快就会回来,或者她只是想出去走走。显然,离开空地去找她,最终的结果只是会促使他们分离,最好的办法就是待在原地,直到她自己回来。但是,回想起他刚刚醒来的恍恍惚惚，他在睡觉前是怎样痛哭流涕，事后甘加是怎样不知道要如何回应，后来她又怎样想一个人安安静静地待着，一言不发，这样她才能总结出自己的想法，迪内希开始确信，甘加已经跑回营地了。

迪内希慢慢站起来。他静静地站了一会儿才站稳了，然后咬紧下巴紧绷身子，开始以最快的速度跑起来。他把床边的草木和蕨类植物踩在脚下，头也不回地拼命奔向丛林。但他一进丛林，密密的植被和黑暗就迫使他放慢了脚步，迫使他小心翼翼地抬脚，小心翼翼地放脚，以免被植物和缠结在一起的树根绊倒。他感觉自己的身体比上床前要糟糕得多，仿佛几个月来第一次睡好几个小时，他的身体突然意识到之前被剥夺了多少睡眠时间。他的头沉重地来回摇摆，关节僵硬，盲目地抓住树枝和树干作为支撑，似乎是病了好几天后第一次开始走动。然而，穿过树林时他开始慢慢找到平衡，脚步更稳了，更有能力承受身体的重量。远处每落下一枚炮弹，他就跟着清醒一点，不再那么昏昏沉沉了，仿佛每一声巨响都轰掉了他脑海中一些杂七杂八的东西，留下空旷的空间让他可以思考。甘加很可能回到营地去寻找她的父亲了。那是她和父亲分开的第一天晚上，也许她想回到帐篷看看父亲有没有事。也许她听到了营地里的炮击声，开始为迪内希感到担忧，然后就想赶快回到那块空地，她在炮击开始之前就离开了，这样想实际上是有道理的，因为迪内希自己在第一枚炮弹落下来时就醒过来了，如果甘加是在那个时候离开的话，迪内希就会看到她。最有可能的情况是甘加没有睡着，她说过，如果她醒来，就无法回到床上默默地躺着，她想着父亲没有回帐篷吃晚饭，她急着想要回去，看看父亲是不是在睡觉，有没有吃留给他的饭菜。当然，除非她已经意识到了，她父亲根本就没有打算回帐篷，他已经为了她好而永远离她而去，在这种情况下，她决定回到营地肯定还有其他原因。也许迪内希哭的样子让她心烦意乱，觉得他很无能或无助，倒不如她自己一个人更好，尽管这也不大可能是一个原因，因为迪内希肯定已经向她证明，他至少在某种程度上是可以被依赖的，因为他冒着危险离开空地，去查看让他们害怕的声音的来源。也许她回营地去拿她留在那里的东西，一些钱或一些食物、一件衣服。很难说，但不管怎样，迪内希知道，最好不要再想太多了。重要的是要找到甘加，确保她平安无事，如果他想，可以过后，等他们相聚，等有时间时再慢慢去猜她为什么要离开。

迪内希抬起头，发现他没有意识到自己已经走到了营地的边缘。他继续向前走，放慢点速度，然而走了几步就停下来了。翻腾的浓烟滚滚而上，黎明的天空变成蓝黑色，营地上空大部分被笼罩在深灰色的烟雾中。据他自己估计，营地中心附近有两三处大火，但他说不出具体在什么地方，就在离他不远处的南边，营地边缘附近的两个帐篷也着火了。帐篷旁边一棵没有活力的椰子树断成两截，椰子叶像烧着的头发在地上扭动，椰子像人头一样散落在废墟上。从营地的四面八方传来刺耳的喊叫声，可以听到从营地周围的丛林中冒出来的猛虎组织的小型便携式迫击炮的炮声。迪内希在那里站了一会儿，一动不动。他显然知道营地正在遭到炮击，因为他听到了空地上和穿越丛林的路上的爆炸声和哀号声，但直到现在，直到他听到了这些声音实实在在地就在他的身前身后响起来，他才清楚地知道，甘加离开了空地，而如果她确实在营地里，也很容易被炮弹打中。迪内希跌跌撞撞地向前走了几步。他加快一点速度，然后突然开始跑。他尽可能快地朝甘加的帐篷所在的西南方向跑去，但他甚至还没跑过营地的边缘，头上就传来了一声呼啸，传来了金属在天空中飞驰而过的声音，他趴倒在地上，眼睛什么都看不到，只能紧盯着手上的指节。炮弹在诊所附近往西一段的地方爆炸。离得太远了，不用担心弹片，但他还是等了一会儿，想要确定一下，然后抬头，看到了远处扬起的尘土和烟雾。就在他爬起来的时候，另一枚炮弹在第一枚炸开的附近爆炸了，他没有听到这枚炮弹的呼啸声，脸朝下扑倒在地上。他又等了一会儿，站了起来，继续跑着。他尽可能快地跑过营地最空旷的外围，但到了人较多的地方时，到了人和各种东西的密度越来越大的地方时又放慢了速度。到处都是哀号声、喊叫声和尖叫声，而他在半明半暗中所能看到的只有浑身是汗的躯体、抓得紧紧的手、互相踩踏的脚、扭曲着的嘴巴。几个掩体上的波纹钢和棕榈叶已经被推开了，但大多数逃难者仍然在地面上，发狂地从不同的方向跑过来跑过去，有些是要找亲人，有些是为了找个最好的地方躲起来，另一些似乎只是因为不知道该怎么办。迪内希还没有跑到甘加的帐篷，但他知道，听到炮击后，甘加可能会决定离开帐篷，回到空地，他们可能会在互相不知道的情况下彼此错过，他在去帐篷的路上，她在回来的路上。迪内希环顾四周，拼命想辨认跑过的人的面孔，但他无法挤入他周围奔跑骚动的人群之中。他的眼睛盯在唯一一个站着不动的人的身上，一个小男孩一动不动地站在一顶帐篷前，人们从他身边匆匆跑过，把他遮挡住了。小男孩可能只有八九岁，穿着一条脏兮兮的蓝色短裤，上身裸露。男孩站在那里，沉思地望着眼前的某个不确定的地方，眼睛睁得像空荡荡的黑碟子，似乎考虑着什么事，完全不在乎周遭发生的一切。

一枚炮弹落在南边，迪内希又跑了起来。另一枚落在他身后的北边，在靠近空地的丛林中，但他不能停下脚步看它具体落在什么地方，因为他知道最好尽快跑到甘加的帐篷那里。最有可能的情况是，甘加会一直躲在帐篷的掩体里，躲到炮击结束。但是，为了防备她可能在混乱中不顾一切跑回空地，他得先去那，否则他们可能会互相错过。他的腿沉甸甸的，但还是拼命跑着。他气喘吁吁，因为他的身体虚弱不堪，而且很长时间没有那样跑过。就在他透不过气的时候，又传来了一声呼啸，音调比之前的那些更高，更清楚。迪内希倒在尘土飞扬的地上，双手掩着脸，闭上眼睛等着。他听到从附近传来的声音，一个女人和一个男人在叫喊着，他迅速地瞥了一眼他的右边，看到两张脸从一个掩体的波纹钢盖下向外看，示意他进去。他们好像认识迪内希，这很难确切地弄清楚，但是他不知道他们是谁，现在也不能进去。他必须尽快赶到甘加那里。如果他赶到时甘加还在帐篷里，他们就可以一起躲在他所知道的那个掩体中，彼此紧紧相拥，直到大地的颤抖归于沉静。他们可以互相拥抱，一起呼吸，互相安慰，即使炮弹落在他们身边也没什么关系，因为就躲在同一个地堡里，这意味着即使他们中有一个死了，那么，另一个也会死，这样他们就有机会一起死在一个狭小的私密空间里。如果他们中有一个受伤，那当然是一个不同的故事，但如果是甘加受伤,迪内希会尽他所能照顾她,推着她的轮椅,给她洗澡,为她做她所需要的任何事。如果他们都受伤,在这种情况下,他们或许有更多的理由在一起生活,彼此都能弥补对方的无能和生活上的无法自理。

炮弹在南边爆炸,声音大得几乎让人听不见。地面发出沉重的回响,浓密、刺鼻、灼热的尘埃翻腾,直升空中。迪内希紧闭着眼睛躺在地上。沉重的弹片在空中横飞,四处乱溅。他听到左边有人在尖叫,他转过身微微睁开眼睛,透过手指间的隙缝看看发生了什么事。一个老人躺在地上,被炸掉了半条腿,膝盖上血流如注。老人痛苦地尖叫着,似乎并不是因为痛,而是因为无法相信所发生的事。迪内希摇摇晃晃地站起来,想要弄清楚自己是在什么地方。很难一下子就搞清楚他在什么地方,他感到莫名其妙的茫然不知所措。他看着远处,看到不远处诊所的一幢建筑在熊熊燃烧,那不是员工的房子,而是主建筑,所有教室都在里面的那一幢,这意味着他需要继续往大致相同的方向走,可能要往南一点,才能走到甘加的帐篷附近。他转过身正要继续往前走时,身边的尖叫声变成了一种奇怪的气喘声和呕吐声混合在一起的声音,他回头一看,那个老人正用双手从地上捧起自己的血,要把血均匀地洒在自己浑身血淋淋的身体上。迪内希拼命地想跑得快一点,但不知怎么的,每件事似乎都慢下来了,就像在梦中,人们需要快速奔跑以逃避某些事情,但出于某种原因,只能慢慢挪步。他脚下的土被烧焦了,他透过拖鞋的橡胶都能感觉到地面的热度。空气中弥漫着浓烟和硫黄味,简直要让人窒息,每一件东西的轮廓似乎都奇怪地扭曲——身体的皮肤和头发被灼伤,帐篷熔化的塑料材料闪闪发亮——蒸汽和热浪使每一件东西都变形了,就像透过凹面透镜清晰地看到的被扭曲的东西。除了人们在奔逃中匆匆扔下而散落一地的袋子、瓶瓶罐罐和其他东西,营地里似乎突然间什么人都没有了。除了那些被炸死或受伤的人,以及茫然无措地坐在死者和伤者旁边的人,几乎所有逃难者都躲在掩体里面。迪内希跑过抱着一个毫无生气的小男孩的男人身边,那男人四十多岁,小孩有十二三岁,很有可能是他的儿子。男人抱着孩子往一个方向走几英尺,突然转过身,朝相反的方向走几英尺,然后不知道要抱着死去的孩子往哪里走,停下脚步看着迪内希,似乎要向他问路。迪内希一直走着,尽最大的努力往远处看。他跑过趴在一个年轻姑娘身上的女人。那女人以一个母亲知道要怎样让孩子听话的信念,用拳头捶着姑娘的胸部,似乎这样就可以迫使孩子因恐惧或愧疚而做出回应。那女人的眼睛又大又肿,下巴好似脱臼,脖子上的血管突出,迪内希跑到她面前时无法不停下脚步。他意识到，尽管那女人拼命尖叫，嘴巴里却发不出任何声音，事实上，任何声音都没有从她嘴里发出来。他意识到，他周围的世界完全是无声的。他不知道这种状况已经持续了多长时间。也许他已经失去听觉一段时间了，想象着人们是在喊叫，而实际上他只是从人们脸上的表情推断，也许他只是通过脚下地面的震颤和吹过他身上的灼热烫人的气流才听到了炮弹爆炸的声音。迪内希抬起头来，试着吸收周围的寂静，他立刻感觉到，或者只是试图感受一种平静的感觉。他继续奔跑着，既不快也不慢。他脚下的地面慢慢变得不那么热了，他往南边走的时候，烟雾变得不那么浓了，他走进了营地显然还没有遭到炮击的那个地方。很明显，他靠近了甘加的帐篷，每件东西都有点熟悉，那些帐篷搭建的次序，没有掩盖的掩体的位置，他与仍在燃烧着的诊所之间的距离和方位，然后就在他前面不远的地方，他从蓝色防水帆布的大小和帐篷在支柱之间凹下去的样子认出了甘加那顶帐篷的后侧。他突然觉得肯定，他几乎不可能找到甘加，也许炮击一开始她就离开这里去空地了，甚至根本就没有回过营地。尽管如此，当他走近的时候，他还是觉得非常紧张，似乎他的脚想留在原来的地方，却有一根无形的钢丝绳绑在他的胸口，把他吊在空中，把他往前拉。尽管他的身体有些犹豫，但他还是觉得自己被无声无息地拉到帐篷后面，经过他们前一夜煮米饭的那个小坑，所有的炭渣和烧焦的黑木片还在里面，他转到帐篷前，看到甘加脸朝下趴在那里，离帐篷入口有几英尺，胳膊往前伸。她的双脚以奇怪的角度交叉着，粉红色的长衣拉到膝盖以上，可以看到大腿和小腿的皮肤。她的脸没有对着他，小心地和他保持着距离，迪内希似乎是为了尊重她的隐私，默默地绕着她转，这样他就可以看到她的脸了。她脑袋的右边好像有点肿，压着地面。她的左眼半睁着，嘴唇的右角张开，紧贴着地面。她的腰下是浓浓的一摊血，不是很多，但也不少。绑在迪内希身上的那根钢丝似乎慢慢地松下来了，迪内希默默地跪了下去。他脚下的地面在颤抖。空气太热、太沉重，让人透不过气。他双手划过又浓密又干燥、已经洗过也抹过肥皂的头发，然后划过大腿上部，划过他刚洗干净的纱笼。他胸腔紧缩，似乎里面的空气已经耗尽了，他双手紧紧地搂住自己的身躯，似乎不想让自己倒下去。他胸腔里的空气继续消失，他拼命想抗拒遍及全身的窒息感，把头伏在地上，一阵阵干呕，不断喘气。什么都没有吐出来。他擦掉粘在湿润的额头上的泥土，拼命想抬起头，但体内的空气继续逃逸，他根本无法抬头，他又一次次地干呕，喘气，似乎有什么东西卡在胸口和喉咙底部之间不肯出来。他双手祈求似的拍打地面，拼命想把空气吸进肺里，绷紧身子，让横膈膜保持平稳。但是，尽管他什么办法都用上了，他的胸部仍然憋闷，想抓住什么东西，却什么都抓不到，就像坠落到一个黑洞的人，每一刻都期待着落地，却只是不断地下坠。他静静地侧身躺在地上，一声不吭，一动不动。

在这种情况下，很难知道究竟发生了什么事。在日常生活中，有一些时刻，当人更充分地呼吸时，会有一种奇怪的清晰感，觉得能够超越日常存在的局限，仅仅是通过吸入空气，人就可以把世界吸到自己的身体里，并把它的广阔空间完全地、永久地包含在自己的皮肤里。也许，如果存在那样的时刻，就有理由认为，亦存在这样的时刻：人或多或少地呼气，胸部收缩，当肺中的空气消失，被大气拉回去时，人的自我会因此而萎缩，缩得极小，很快就会融进人的皮肤之外的世界。也许，虽然活着的每一个时刻都包括呼吸，进进出出，出出进进，从来没有停止过，因为呼吸当然并不依赖自己的选择或习惯而发生，而是胸部和空气之间的约定，脑袋对此没有什么决定权。也许，虽然生命本身空空如也，不过是这些状态之间的一种振荡，在吸入空气和呼出空气之间的一种振荡，在不自觉地试图拥有世界，然后被迫放弃所有东西之间的一种振荡。也许只有在这些更彻底的吸入或呼出之间的少有时刻，人与一直在其中呼吸的世界的关系才会清晰，人才会从中真正地看到从出生之后痛苦的第一次呼吸到临终之前最后一次令人厌倦的呼吸，在这种拥有和放弃的界限之间的来回振荡，那时人被彻底地从躯体中扫除出去，最后迷失在大气中。很难知道究竟发生了什么事，随着迪内希肺部的空气继续消失，胸部收缩到近于崩塌的地步，脚下的地面不停回响。迪内希目光呆滞地盯着甘加侧面的身体，但也许他躺在那里一动不动时心里所想的是，他体内的空气甚至比他生命中的任何一刻都少，他所失去的空气，无论多么拼命想把它吸回来，都很可能再也无法做到了；他想的是，虽然只要他继续活下去，他的胸部就会保持一些空气，但他维持空气的能力会越来越小，所以他就会像老人或病人一样，只能一小口一小口小心翼翼地吸着，然后死去，永久地彻底融化。

迪内希闭上眼睛，想要站起来，但他没法那样做，他没法聚集力气。他转过身来，再次想抬起身躯，但仍然抬不起来，他全身的力量都消失殆尽，无法集中起来做某个具体的动作。他把头靠在地上，仰躺着，与甘加并排，无力地注视着头上的滚滚浓烟和灰尘。黎明早已过去，但是白日的光线被浓密的乌云抹黑了。炮弹所落之处，浓烟和灰尘扩展到他所能看到的整个营地上空，螺旋上升，所有东西都在熊熊燃烧，只有目光所及的遥远天际，烟尘稀薄，让人可以瞥见没有颜色的天空。迪内希又闭上眼睛，想要集中注意力，似乎需要做点什么事，以免体内剩下的那么一丁点空气消失殆尽，使他奄奄一息。他尽力用上半身的力气撑着，再次想从地上爬起来，这次成功了，他坐了起来，想要镇定下来。他试图理解所发生的一切，再次看着甘加，不是看着她那半睁半闭的眼睛或是她身下形成的血注，而只是看着她一动不动地躺在他身边，面对她的静止，而且浑身一动不动的这种现实。他有一股冲动，想用双手搂着她，抓着她，紧紧地抱着她，让她紧紧地贴在他身上，想要做些什么来保护她身体的安全和完整。但是他也知道，紧紧地抱着她也许只会伤害她，他只好把手放在膝盖下面，以免不由自主地想向她伸过去，他不安地四下张望，想寻找其他办法来保护她。他的身躯前后摇摆，不确定地看着四周，找不到任何他想要的东西，索性把手从膝盖下面拉出来，放在面前的地上，再次用手掌抚摸地面。他继续抚摸地面一段时间，仿佛恳求大地以某种方式帮助他，然后慢慢地向前倾，开始用手掌往地下推。地面很硬，但他用全身的重量压在上面，好像要撞开地面，要把手伸进地下深处，把甘加躺着的那个地方的土一整块挖出来，这样他就可以双手抱起甘加，把她抱到安全的地方，而不必碰到她那娇嫩的躯体。

迪内希突然不再抓土了,抬起头来凝视着甘加的手臂。它们从甘加的脑袋后面伸出来,右手随意地弯曲着,左手伸长,手臂几乎和手腕形成一个直角。他一直盯着甘加的左手,双膝慢慢挪过去,趴在地上,就像昨天晚上甘加睡觉时那样,仔细看她那又长又细的手指,它们微微弯曲,但没有卷起来或张开。他用纱笼擦了擦满是灰尘的手,犹豫了一会儿,然后慢慢地,几乎是害怕地,就像前一天晚上在空地那样,用自己的拇指和食指紧紧地捏住她的大拇指指尖。他轻轻地抚摸着她的拇指和上面精致的指纹,闭上眼睛,满怀期待地听着。一动不动。他用拇指和食指捏着她的手腕,闭上眼睛再听一次,然后趴在甘加的头上,轻轻地把自己的太阳穴靠在她的太阳穴上,又一次默默地等待着。起初什么都没发生,然后一股无声的肌肉收缩声从迪内希的胃里涌到他的喉咙。他张开嘴巴,把头向后扭,尽可能远离甘加;他紧闭双唇,尽力抑制喉咙里的活动。他蜷缩着身子,浑身肌肉紧张,额头顶在地上,只有当那一波感觉过去之后,而且他确信不会再来时,他的身体才松懈下来,虽然仍然闭着眼睛,一动不动。地面在他身下,几乎使他感觉舒服地微微颤动。一阵温暖的空气扑过来,在他湿润的皮肤上短暂地停留一下,然后又溜走了。迪内希抬起头，再次看着甘加。他没法呼吸，但他也不再觉得窒息，似乎仍然不相信他的手指头没有感觉到任何跳动，他憋着气，一点点地朝甘加的躯体中心点挪过去。他小心翼翼地避开她腰边的黑色血洼，小心翼翼地把手伸向她肚子上的长衣下摆，把它拉下来，盖住她的整个膝盖的皮肤，这样她的两条大腿就不会暴露在外。他把甘加浑身上下都看了看，好像是为了确保每样东西都井井有条，然后小心翼翼地把一只手塞在她的左肩下，另一只放在她的一段没有血的大腿下面。他轻轻地抱着她，同时仍然保持着一种适当的空间，因为他不想过多地接触她的温暖的肌肤，然后小心翼翼地把她左边的躯体从地上扶起来，让她完全用右侧侧躺着。他本来想慢而轻地把她翻过来，背靠地面，但一推到她身体重心的垂直线，她的身体就自动地翻了过去，柔软地倒下去，发出一种轻柔的听不见的声音。

甘加躺在他面前，四肢不动，一声不吭。她半睁半闭的眼睛看着天空的不同方向，似乎空中有什么令人困惑的东西。她压在地上的右侧脸颊粘着一层土，右边的眼睑和眉毛上也都是土，右边的太阳穴周围奇怪地肿起来。迪内希靠在她的脸上，慢慢弯下身，把食指放到她的左眼上。他用手指轻轻地摸了摸睫毛上方的眼皮，把薄薄的眼皮抹下来，让甘加闭上了眼睛。由于她右边太阳穴周围的肿胀，较难让她的右眼合上，但迪内希还是把甘加的眼皮全部抹下来了，除了露出一小块眼白，她的两只眼睛或多或少都闭上了，她的表情也就不显得那么困惑了。迪内希用食指和中指小心翼翼地用力擦掉她右脸上的污垢。但即使脸上的污垢被擦掉之后，甘加的皮肤上仍然都是尘土。迪内希用舌头上的唾液润湿指尖，轻轻地搓摩甘加的脸，使之变成了一种更清新的棕色。他用食指抚摸甘加左眼上的眉毛，擦去灰尘，理顺所有细发，然后也同样处理她右眼上的眉毛，这样，她的眉毛在眼边直直的，在太阳穴边挺出来。迪内希往后坐，仔细看了看甘加的脸，这张脸现在看起来好多了，然后看看她的肚子。她那件长衣又黑又湿，上面都是沙子，特别是有一道明显裂开的细条，看上去像是一片弹片的边缘，发出了一道无声的微光。她曾俯身趴着的地方，泥土上也是血迹斑斑，血色很浓，但显然没有那么黑。迪内希一动不动地看着血和泥土的混合物。直到刚才，这些血液都流过甘加体内的血管，平静地为甘加提供了生命所需要的一切。在某些时候，血液流经她的动脉和静脉，甚至穿过她跳动的心脏的不同心室，但现在却暴露在大地和空气之中，被迫变厚，变干，失去温度。迪内希解开自己衬衫的纽扣，衬衫上的汗臭仍然带着橘酸味。他脱下衬衫，小心翼翼地盖在甘加的肚子上，这样，伤口和血就完全被遮住了。他往后挪一下，认真看着她的躯体，现在看上去又好一些了，甚至可以把甘加看成一个正在熟睡的人的躯体。他似乎仍然无法相信血已经不再流经她的躯体了，他弯下身，紧贴着她的胸膛，把耳朵靠在她的胸骨上。她的乳房向两侧轻轻倾斜，胸骨微微突出。迪内希怕靠得太近会使血从她的肚子里涌出来，他闭上眼睛，再一次尽力倾听。也许心脏仅仅是因为血液在体内流动所以才会跳动，而不是像事实那样，恰恰相反。

也许，就像一种机制把一种动能转化为另一种动能，只是因为活人的身躯处于永恒的运动中，血液在体内不断流动，也许心脏在这个过程中唯一的作用是把血液循环转化为声音，变成一种稳定的两下节拍，它的唯一目的是向其他生物传达人内心生命的本质，通过节奏和音量来让那些近得可以听得到的人，听出其拥有者的心境和感觉。迪内希慢慢坐起来，环顾四周，仿佛他希望在荒凉中找到一个容器，用来收集溢出来的血液，把它灌回甘加的体内，让它再一次流动起来。他看看左边，然后看看右边，第一次注意到，甘加前一天晚上留给她父亲的不锈钢盘子就在帐篷的入口处。盘子倒扣过来，地上到处撒着她做的米饭和木豆，饭还很潮湿，但现在已经和泥土混在一起了。她父亲显然没有碰过，很明显，他并没有回来，也没有想过要回来，甘加在那里看到米饭，也许想拿给某个人吃，或者是寻找她父亲，这样她就可以自己逼着父亲吃掉。迪内希看了一会儿食物，如果现在吃了，无疑会咬到坚硬的沙粒，他悄悄地转过身去，全身的重量都压在双手上，然后抬起头来。仿佛有一只看不见的手伸到他的喉咙里，想把里面所有的东西都抠出来，不只是空气，还有他全身所有的东西，他再次抬起头，然后又干呕，一次又一次，一次紧接一次地干呕，无法停止。

起初他挣扎着，眼睛泪汪汪的，脖子上和太阳穴上的静脉膨胀，脖子和手臂绷得紧紧的，不让体内的东西全部吐出来，然后，好像一个开关被悄悄地打开了，他似乎突然屈服了。他身体松弛，头更贴近地面，让肚子里面的东西通过内脏和喉咙一次次被呕吐出来，他似乎不再关注正在发生的事了。他被动地等待着每一波呕吐感后，后续一波感觉的到达，他似乎愿意，甚至想要现在就让自己的身体被清空，似乎愿意，甚至想要现在就让自己迷失在大气中，尽管很难知道，而且也不可能知道，他完全屈服，究竟是因为那是他盼望的，或者仅仅因为那是一种必然发生的事情。毕竟，有些事情可能会发生在人类身上，从此之后，他们的思想和感情就变得不可知了。在这之后，无论一个人想要在自己身边待多久，保持多么亲密的关系，无论一个人多么认真或多么希望了解自己的处境，一个人怎样仔细地从自己的经历中去想象和推断，除了从外面盲目观察，没有别的选择。不是因为一个人自己没有经历过类似的事情，不是因为他生活在不同的环境、不同的条件、一个国家的不同地区，甚至是另一个国家中，也不是因为他需要试图从不同的角度、用一种独特的词汇或者完全用另一种语言去理解，面对这些至少可以去克服，真正的原因是当这些事情发生在一个人身上时，他曾经从自己的脸上暴露出来的内心活动就会与他的皮肤分离，迷失在自己的体内，他从此失去表情。那就像一根绷紧的橡皮圈，像植物的柔软的蜡状茎，无论是弯曲的还是折断的；或像蜗牛的薄薄外壳，被踩到了，破裂了。有些事发生了，他们所做的事、所说的话，他们的手脚的动作，他们的手势或面部特征，所有的一切都消失了，没有任何东西可以表明他们是什么人，或者表明正在发生什么事，因此，不可能再猜出他们的思想和感情，甚至猜测他们是否有思想和感情，是否还有某个人占据着自己的身体，或者是否所减少的作为人的那大部分仅仅是从身体中滑脱出去，进入到空气中，在另一种明智的毫不明显的呼气中，让身体在某种意义上仍然活着，双手仍然紧握着，脚还在走着，膀胱在颤抖，大便在排空，胸腔——无论幅度怎样微小，仍在一起一伏，但在目光和表情中，还是缺少了某些重要的东西。

迪内希现在坐起来，双手抱腰，眼睛呆呆地瞪着。身下的地面不再颤动，周围的空气也不再移动。除了他几乎听不到的喘息声和正在抽搐的身躯，周围的每一样东西都寂然无声。沉重的天空和它无情的重量已经被举起来了，现在取而代之的只是一种奇怪的失重的静止感。一阵轻柔的风从海岸方向吹来，海水继续无声地向前推进，冲上沙滩后又无声地后退。迪内希慢慢地朝前倾，把手放在眼前的地面上。他凝视地面，温柔而有节奏地抚摸着柔软的泥土，然后慢慢地停下来，似乎心里冒出一个念头，接着重新开始抚摸。随着空气继续的进入和离开，他的胸膛一直独立于他而继续振荡，起起伏伏，接受和放弃，那里仍然能够容纳少量的空气。